충분히 슬퍼할 것

그만 잊으라는 말 대신 꼭 듣고 싶은 한마디

충분히
슬퍼할 것

하리 그림에세이

알에이치코리아

이 책을 먼저 읽어 주신 분들의 찬사

그 사람은 떠나도 그 사람에 대한 사랑은 끝나지 않았다

우리는 아직 슬픔을 제대로 표현하는 데 익숙하지 못하다. 남 앞에서 슬픔을 표현하면 뭔가 큰일이라도 날 듯이 두려워하는 우리들에게, 이 눈물겨운 책은 수줍게 속삭인다. 더 많이 슬퍼해도 괜찮아요. 더 오래, 더 깊이 슬퍼해도 괜찮습니다. 슬픔은 마침내 당신을 더욱 당신답게 만들어 줄 테니까요. 표현하지 못한 슬픔이 우리 마음을 안으로부터 찌르기 전에 글과 그림과 노래와 춤과 요리, 그 모든 적극적인 표현의 몸짓으로 슬픔을 표현해 보면 어떨까요. 사랑하는 사람을 잃은 슬픔의 심연에 가까이 다가갈수록, 마침내 '참 나'와 만나게 될 테니까요. 슬픔을 제대로 표현할수록, 우리는 그 사람은 떠나도 그 사람에 대한 사랑은 끝나지 않았다는 것을 깨닫게 될 테니까요. 슬픔을 잘 느끼는 사람일수록, 그는 약한 사람이 아니라 더 깊고 아름다운 사랑을 느낄 줄 아는 사람이니까요.

_정여울 《문학이 필요한 시간》, 《나를 돌보지 않는 나에게》 저자

충분히 슬퍼할 것 그리고 다시 살아갈 것

책장을 넘기는 동안, 한 슬픈 사람의 오래달리기를 지켜보는 기분이었다. 더러 그가 넘어질 때면 숨죽여 응원하는 마음이 되곤 했는데 이상하지, 그러면서도 걱정은 되지 않았다. 사랑받은 기억이 끝내 그를 일으킬 것이므로. 어떤 사랑 앞에서 우리는 행복해질 의무가 있다. 그 사랑을 헛되이 만들지 않기 위해. 이것은 상실과 애도에 대한 이야기지만 동시에 용기와 행복에 대한 이야기이기도 하다. 먼저 슬펐던 사람이 다음에 올 슬픈 사람에게 남기는 긴 엽서이기도 하다. 충분히 슬퍼할 것. 그리고 다시 살아갈 것. 이 삶은 이제 떠난 사람이 남긴 사랑의 증명이기도 하므로.

_김신지 《시간이 있었으면 좋겠다》, 《평일도 인생이니까》 저자

슬픔에 표류하지 않고 당차게 헤엄쳐가는 이야기

양념이 겉도는 깍두기, 오래된 노래방 녹음테이프, 토끼풀 반지 같은 소소한 것을 통해 저자는 엄마와 함께한 순간들을 구석구석 추억한다. 사랑스러운 그림체로 그려진 모녀의 알콩달콩한 이야기들을 미소 지으며 읽다 보면 어느 순간 눈가가 시큰해진다. 그는 혼자 남겨졌다.

큰 슬픔 앞에 용기 있게 마주 선 그가 자기 자신과 만나고, 자신의 내면을 이해하는 과정을 따라가다 보면 마음으로 박수를 보내게 된다. 혼자 힘으로 어려울 때는 주변에서 건네는 손길을 붙잡으면서, 한 걸음씩 앞으로 나아가려는 노력이 감동을 준다. 슬픔을 딛고 비슷한 슬픔에 직면한 사람들에게 힘이 되어 주고 싶은 따뜻한 공감대가 이 책에 담겨 있다. "충분히 슬퍼할 것"이라고 소리 내어 말해 주어서, 애도의 진정한 의미를 알려주어서 고맙다. 슬픔에 표류하지 않고 당차게 헤엄쳐가는 그의 모습을 보면서 엄마는 안도의 숨을 내쉴 것 같다. 넘어졌을 때 가장 중요한 것은 다시 일어서는 힘이기에. 간절히 그리워하는 사람은 결국 내 곁에 있는 것이기에.

_엄유진 《어디로 가세요 펀자이씨?》, 《외계에서 온 펀자이씨》 저자

 프롤로그

어릴 때 물가에서 헤엄을 치다가

순간 당황하는 바람에
물속에서 허우적거렸던 적이 있다.

다행히 뒤에서 따라오던 엄마가
바로 나를 건져 올렸다.

(별로 깊지 않았다….)

엄마는 항상 등 뒤에서
나를 지켜봐 준다.

그래서 나는 조금 서툴러도
자신 있게 앞으로 나아갈 수 있었다.

돌아보면 엄마가 있어서 든든했다.

그런데 어느날 갑자기
내 세상에서 엄마가 사라졌다.

뒤를 돌아봐도
엄마는 더 이상 보이지 않았고

이제 돌아갈 곳이
없다는 생각이 들었다.

나는 지금

그냥 흘러가는 중이다.

차례

4부

다른 누구도 아닌 나를 위해서

1부
—

내게 남아 있는
사랑의 기억

방긋방긋

나는 어릴 때부터 잘 웃는 편이었다.

낯선 사람을 봐도 잘 웃어서
엄마는 늘 걱정이었다.

네 살 무렵, 집 앞에 혼자 있었는데
모르는 아저씨가 다가왔다.

아저씨가 내 팔을 잡고 돌리는 바람에
그만 한쪽 팔이 빠져 버렸다.

다행히 바로 병원에 가서 끼워 넣었는데
놀라서 엄청 울었던 기억이 난다.

그 후에
팔이 또 빠진 적은 없지만

어쩌다 정형외과에 가면
의사 선생님이 바로 알아보신다.

엄마는 종종 그림을 그려 주었다.

좀 더 구체적으로 말하자면
나름의 스토리가 있는 그림!

음~ 오늘은 무슨 그림을 그릴까?

옹기종기~

옛날 옛적 깊은 산속에 도깨비가 살았어.

어느 날 산에 눈이 많이 내려서 도깨비는 스키를 타러 밖으로 나왔지.

그런데 갑자기 앞 토끼가!

방귀를 뀌는 바람에
뒤 토끼는 그만 기절했대.

뽕!

-끝-

급마무리ㅋ

또~ 또~

또 해 줘!

ㅋㅋㅋ

내가 그림을 그리게 된 건
엄마의 영향을 많이 받은 것 같다.

못 먹는 음식

밤 9시
이미 꿈나라로 간 초딩 다람쥐

를 황급히 깨우는 엄마.

결국 2개 먹음.

잠시 후

결국

그 뒤로 굴을 못 먹게 되었는데

못 먹는 음식
랭킹 1위 등재.

굴ㄴㄴ

냄새만 맡아도
울렁거려….

사회생활을 하다가 처음 굴짬뽕을 먹고,
익힌 굴이나 굴튀김은 조금 먹을 수 있게 되었다.

회사에서 친한 언니가
먹는 모습을 보고 도전!

맛있어 보여.

다음엔 저거다.

후루룩~

맛있다!

하지만 생굴은
아직 못 먹음.

후루룩~

장난꾸러기

내가 장난꾸러기인 건

오늘은 어떤 장난을 칠까~?

꾸럭 꾸럭

전적으로 엄마를 닮았다.

꾸럭 꾸럭 꾸럭

엄마와 나는 서로 장난을 많이 쳤다.

당시 유행했던 옷장 광고.

LOSE!

WIN!

ㅋㅋㅋㅋ
ㅋㅋㅋㅋ
성공 ㅋㅋㅋ

결국

-꾸러미 넘치는 모녀-

콩주머니

(학교에서
나눠 준 도안)

결국 엄마는 새벽까지 콩주머니를 만들었다.

불편하게 거기서 졸지 말고 얼른 들어가서 자~

에휴~ 뭐라고 써 있는 거야.

응, 그럼 나는 잘게. 엄마 힘냉….

말 잘 듣는(?) 착한 아이ㅋ

-다음 날 아침-

우아!

콩주머니 GET!

하얗게 불태웠어….

엄마가 밤새 만들어 준 콩주머니 덕분에
운동회에서 무사히 박을 터트렸다.

하지만 끝나고 콩주머니를
찾을 수 없어서 어린 마음에 속상했다.

녹색 콩주머니를 찾습니다.

마음 한편에

엄마는 산책을 좋아해서
아침저녁으로 나와 함께 산책을 다녔다.

이런저런 이야기를 하면서 걷다가

어제 학교에서 OO가 어쩌고 저쩌고
그래서 내가 어쩌고 저쩌고
나는 근데 사실 어쩌고 저쩌고〜

잠시 벤치에 앉아서 쉬었다가

함께 하늘을 보기도 하고

갑분 시낭송

내가 풍선으로
시를 지어 봤어!
들어 봐~

파아란 하늘
풍선이 두웅실~

길가의 풀로 무언가를 만들기도 했다.

~엄마가 알려 준 것들~

토끼풀 반지

바랭이 우산

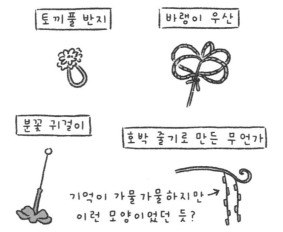

분꽃 귀걸이

호박 줄기로 만든 무언가

기억이 가물가물하지만
이런 모양이었던 듯?

나는 매운 음식을 잘 못 먹어서

어릴 때는 엄마가
케첩 떡볶이를 만들어 줬는데

새콤달콤~

딱 한 번 떡볶이를 싸서
돗자리를 들고 집 근처로 피크닉을 갔다.

뭐 때문이었는지 기억은 잘 안 나지만,
앉자마자 대판 싸워서
떡볶이고 뭐고 바로 집에 돌아왔다.

즐거운 시간들도 많았는데
그때의 기억이 계속 마음 한편에 남아 있다.

낙서

만화책 보는 중.

ㅋㅋㅋ

철컥—

현관문 소리

엄마?

어휴!!

왜 그래~
무슨 일이야?

차 뒷유리에 누가
손으로 '똥차'라고 써 놨어!

ㅋㅋㅋㅋㅋㅋ똥착ㅋㅋ

당시 엄마 차는 세차를 안 한지
꽤 지나서 차 유리창에 먼지가 쌓여 있었다.

지금 웃음이 나오니?
아 짜증나~!

그러게 내가 세차 좀
하라고 했잖아ㅋㅋ

똥차ㅋㅋ

이번 주에 하려고 했어!
누구야 진짜!

아무리 꼬질해도
똥차라고 쓰다니
너무하긴 하다ㅋㅋ
사실 나야.

...?!

내가 썼어 똥차ㅋㅋ

...

집에 들어가다가
우연히 봤는데
너무 꼬질하더라고~

어렸을 때였는데 무엇 때문인지
잘 기억은 안 나지만 집에서 혼자 꽁해 있었다.

시무룩….

왜 그렇게
풀이 죽었어?

답답하지만
말하고 싶지 않음.
↓

잠깐 같이 바람 쐬고 오자~

...

대답은 안 하지만
순순히 따라간다.
↓

우리는 동네를 벗어나서 걷고 또 걸었다.

인적이 드문 도로 위
작은 다리에서 걸음을 멈췄다.
(차가 쌩쌩 다녀서 매우 시끄러움)

갑자기 엄마가 크게 소리를 질렀다.

처음에는 조금 부끄러웠는데
소리를 지르고 나니 한결 후련해졌다.

엄마는 어떻게 이 장소를 찾았던 걸까?
그 시절 엄마도 말할 수 없는 고민들이 있었겠지.

홀로 기댈 곳 없이 이곳을 찾아 소리를 토해 냈던,
어린 엄마를 꼬옥 안아 주고 싶다.

우리

어릴 때부터 엄마랑 노래방을 자주 갔다.

신나~ 신나~

탬버린 팡팡~

테이프에 녹음을 할 수 있어서
노래방 녹음테이프가 집에 수두룩했다.

(자주 듣진 않음)

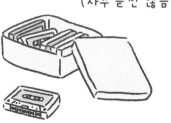

~엄마의 애창곡~

엄마는 내가 '호기심'이라는 노래를
부르는 걸 좋아했는데

호기심이 생각이 안 나서
자꾸 '요지경'이라고 했다.

가끔은 아무 번호나 누르고
처음 듣는 노래를 우리 맘대로 부르기도 했다.

점수는 중요하지 않았다.
우리만 즐거우면 되니까.

찰랑찰랑

왠지 불안한
느낌적인 느낌.

딸~ 잠깐 와 봐~

왕.

머리 길이 좀 다듬어 줘.

갑자기 미션을
받은 다람쥐.

에엥??? 내가???

엄마는 가끔씩
내 머리를 다듬어 주곤 했는데

미용을 배우셨는지는
기억이 잘 안 나지만
꽤 옛날부터 집에
미용 가위가 있었다.

근데 갑자기 내가 왜 엄마 머리를??

시러시러~~

망할 거야~~

자신 없어하는 내 모습에
엄마는 할 수 있다고 용기를 주었고

누구나 처음은 두려운 거야.

그럼 해 볼게!
할 수 있다아!

잠시 후,
엄청 화를 내면서 미용실에 가셨다.

머리가 이게 뭐니!!

아니, 내가 그래서
안 한다고 했잖아!

화내는 거야…?

버럭

삐뚤빼뚤

머리 길이가 너무 삐뚤빼뚤해서
짧게 자르게 되었는데

새로운 스타일이 마음에 들었는지
엄마는 한동안 단발머리를 유지했다.

(+염색까지 하고 옴)

반질반질

엄마는 피부 관리에
신경을 많이 쓰는 편이었다.

악! 눈부셔.

얼굴에 영양크림을
듬뿍 바르고 나를 끌어안으면

찰싹

!!!

조금 부담스러웠다.

반질   반질

특히 오이 팩을 자주 했는데

얼굴에 올리고 누움.

그 모습을 많이 봐서 그런지
오이를 보면 팩부터 생각난다.

딱히 오이를 못 먹는 건 아니지만
선뜻 손이 가지 않는다.

다판당

집에 가던 중 뻥튀기가 먹고 싶어진 엄마.

~갑분 뻥튀기~

뻥튀기 먹고 싶다~

갑자기?

뻥튀기를 살 만한 곳이
마땅히 없네.

이대로
포기하는 것인가.

흐음….

뭐든지 다 팔 것 같은 가게가 눈에 띄었고

마침 문이 열려 있어서
가게 사장님과 눈이 마주친 엄마.

~아이 컨택~

feat. 그걸 지켜보는 나

엄마는 홀린 듯이 가게 안으로 들어갔다.

의미심장한 미소를
띠고 있는 아주머니.

뭔가 포스 있어.

어서 오세요.

가게 안에는 다양한 물건들이 있었다.

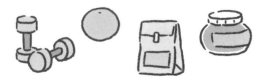

~축 뻥튀기 득템~
정말 이름처럼 다 파는 곳이었다.

집에 가서 엄마랑 맛있게 뻥튀기를 먹었다.

며칠 뒤, 다시 그 가게 앞을 지나갔는데

그새 다른 가게로 바뀌어 있었다.

불량 청소년

중학생 때 친구 따라 처음으로 귀를 뚫었다.

살짝 무서웠지만 순식간에 끝났다.

엄마한테 빨리 자랑(?)하고 싶어서
집으로 달려갔다.

호다다닥

~낮잠 자던 중~

엄마는 내가 불량 청소년이 된 줄 알았다.

나는 정말 순수한 마음으로 귀를 뚫었음을
계속 설명했고 결국 엄마도 납득했다.

그 뒤 엄마는 나를 병원에 데려갔다.

선생님~
정말 괜찮은 거죠?

네, 괜찮아요~
항생제 처방해 드릴게요.

...

안절

부절

귀를 소독하고 약을 받아
집에 오고 난 후에야 일단락 되었다.

두 번 다시
귀를 뚫지 않으리.

피곤

피곤

전설

나는 어릴 때부터 그림 그리는 것을 좋아했다.

연필이랑 연습장만 있으면
몇 시간이고 혼자서 놀 수 있음.

그래서 자연스럽게 미대를
목표로 미술 학원에 다녔는데

시험을 위해 그려야 하는
입시 미술이 그다지 즐겁지 않았다.

요며칠 기운 없던 내가 마음에 걸렸는지
학원 끝나는 시간에 맞춰서 엄마가 데리러 왔다.

오늘 학원은 어땠어?

완전 별로야.
손이 느려서 또 혼났어.

에구….
힘들었겠네.

학원 생각에
급 시무룩. →

내가 기운이 없을 때면 엄마가 하는 말.

맛있는 거 먹으러 가자!

좋아!

음식 생각에
급 행복. →

우리의 야식 단골 메뉴는 묵은지 김치찌개.

집 근처에 있는 24시간
묵은지 김치찌개 집.

냠냠

냠냠

오늘 맛있는 거 먹었으니까
내일부터 다시 힘내는 거야!

웅!!!

배부르다 ㅎㅎ

그러나 토실토실해져서
스트레스가 2배가 되었다는 슬픈 전설⋯.

어른

고등학교 2학년 여름 방학이
막 시작된 무렵, 엄마한테 이런저런
불만과 섭섭함이 있었다.

그것은 대화로 해결되지 않았고
계속 반복되어서 나에게는 상처로 남았다.

그러던 어느 날, 엄마가 학원에 데려다 주는데
차 안에서 또 말다툼을 하게 되었다.

~냉랭해진 공기~

적막이 흘렀고
어느덧 학원 앞에 도착했다.

학원이고 뭐고 가고 싶지 않아졌다.

그래서 안 갔다.

~생애 첫 가출~

어디서 본 건 있어서
핸드폰은 몰래 조수석에 두고 내렸다.

그럼 이제

휘이잉~ 뭐 하지?

(+핸드폰 없음)

막상 학원에 안 가니 할 게 없었다.

일단 학원 근처를 벗어나야겠어.

잡히기 전에(?) 얼른 이동하자!

호다다닥

버스를 타고

근처 강가에 가서
경치 감상...

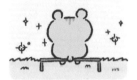

...이 순식간에 끝났다.

할 게 없어!

일단 걸어 본다.

터벅

터벅

오늘따라 왜 이렇게
사람이 없지?

한적하네.

때마침 뒤에서 한 아저씨가
걸어오고 있었는데

괜히 무서워져서 줄행랑을 쳤다.

호에에엥~

겁쟁이 →

어느덧 밤이 되었다.

잘 곳이 문제네.

일단 동네로 옴.

나에게는 다
계획이 있으니까!

라는 걱정은 노노~

계획적인 다람쥐.

후훗

친구 집에서 자면 되지롱~

하하항!

그렇게 창의적인 계획은 아님.

근데 어떻게 만나지…?

폰이 없어서 연락을 못 함.

난감해하면서 친구네 근처를
어슬렁거리다가 운 좋게 친구를 만났다.

~반갑다 친구야~

어? 여기서 뭐 해 ㅋㅋ

재이야!

만화방 다녀오는 길

그렇게 친구 집에서 하룻밤을 묵고
~밤새 수다 삼매경~

다음 날 역시 할 일이 없었다.

그러다 엄마 생각이 났다.

엄마가 걱정 많이 하고 있겠지?

난 뭘 하고 있는 걸까….

마음이 좋지 않았다.

엄마는 관절이 안 좋아서
설거지를 하면 손가락이 퉁퉁 부었다.

걱정돼서 몰래
집 근처를 기웃거리다가

기웃

기웃

인기척이 없자 집에 들어가서
몰래 설거지를 하고 나왔는데

마음이 한결 가볍군.

문 앞에서 엄마와 마주쳤다.

엄마는 다음부터 외박하지 말라는
말만 하고 크게 화내지 않았다.

당시에는 어려서 잘 몰랐지만

시간이 흐르면서 세상에 완벽한 부모는
없다는 걸 알게 되었다.

어른이라고 항상 이상적인
모습만 보여 줄 수 없다는 것.

실수하고 후회하고
그렇게 배워 나간다는 것.

나이를 먹으면서 늦게나마
과거의 엄마를 조금씩 이해하고 있다.

여행

대학에 간 뒤에는 사정이 생겨서
엄마와 떨어져 지내게 되었다.

엄마와 나는 매일 통화하고
문자하고 이따금 메일을 주고받았다.

방학이 되면 만나서 함께 여행을 갔다.

경주를 좋아해서
경주를 자주 감ㅎㅎ

올해는 커다란 찜질방이
생겼다는 소식에 부산으로 가게 되었다.

찜질방 앞에서 만나기로 함.

여기가 맞나…?

두리번

두리번

길치

딸~~

엄마~~

그날 엄마는 하얀 원피스를 입었는데 정말 예뻤다.

안 헤매고 잘 왔어?

조금 헤맸어 ㅎㅎ

오구오구~

우리는 밤새 찜질방에서 놀고

다음 날 각자의 지역으로 돌아갔다.

2부

같이 있으면
안 돼?

생일 1

대학교 4학년 때였다.
밤 12시가 넘어서 내 생일이 되었다.

~과제 중~

앗, 엄마가 전화했었네!

부재중 전화 1통
문자 1통

생일 축하해. 건강하고
행복하게 살아 ♥♥♥♥♥

고마워^^ 엄마가 최고 ㅎㅎ
낼 발표 준비하고 있엉.
힘낼게 ㅎㅎ

히힛

오전 수업을 잘 마치고
엄마에게 전화를 걸었다.

엄마 버스 탔어~ 두통이 너무
심해서 내일 큰 병원에 가 보려고….
기존에 다녔던 병원 진료 기록이
필요하다고 해서 지금 병원 가는 중이야.

에구…. 너무 불안해하지 말고
마음 편히 가져 엄마. 조심히 다녀와.

그래~ 점심 맛있게 먹어~

생일은 오늘(수요일)이지만
수업이 없는 금요일에 엄마와 만나기로 했다.

친구들과 점심을 먹고
동아리 모임이 있어서 학교로 갔다.

부재중 전화 2통
문자 1통

[작은이모]

엄마 ○○병원 응급실에 계셔.

문자를 보자마자 순간 멍해졌다.

저... 엄마가 응급실에
계신다고 연락이 와서요.
먼저 가 볼게요.

뭐!?
얼른 가 봐!

뭔가 잘못되었다는 불길한 예감을 억누르며
황급히 택시를 타고 병원으로 향했다.

이별의 문턱

엄마는 버스 정류장에서
쓰러진 채로 발견되었다.

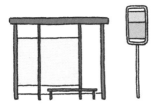

지나가던 행인이 처음 신고를 했지만
어떤 이유에서인지
바로 구조되지 않았다.

그사이 몇 시간이 흘렀고 또 한 번의
신고로 엄마는 겨우 응급실에 실려 왔다.

그리고 구급대원은
병원 측에 납득할 수 없는 말을 전했다.

어째서 그런 말을 했는지 아직도
이해되지 않지만, 그 결과 의식이 없던 엄마는
응급실 구석에 홀로 방치되었다.

작은 이모가 제일 먼저 병원에 도착해
방치되어 있던 엄마를 발견했다.

구토를 해서 입가에 거품이 묻어 있었는데,
엄마는 기본적인 기도 확보조차 안 된 상태였다.

왜 우리 언니한테
아무런 조치도 안 해 줘요!?

저희는 취객이라고만
전달받았어요.

그게 무슨 말이에요!
우리 언니 그런 사람 아니에요!

제대로 확인하신 거 맞아요?!

그제서야 의료진은 엄마의 기도를 확보하고
응급 처치에 들어갔다.

하지만 엄마는
의식이 없는 상태로 너무 오래 방치되었고,
이미 한쪽 동공이 풀려 있었다고 한다.

내가 병원에 도착했을 때는
이제 막 조치를 취하는 상황이었다.

나는 보호자 대기실에서
기다리는 것밖에 할 수 없었다.

보호자분, 잠깐 이쪽으로 와서 앉아 보세요.

네!

어머님이 평소에 드시던 약이 있나요?

아…어….

몸에 기운이 없고 두통 때문에
계속 병원에 다니고 있었어요.
소화도 잘 안 된다고 했고….

제가 같이 살고 있지 않아서
어떤 약인지는 잘 모르겠어요.

…엄마는 왜 쓰러지신 거예요?

아직 좀 더 검사를 해야 하지만
종양으로 인해 뇌에 출혈이 있었습니다.

네…?

여기 CT사진을 보면,

종양의 크기가 꽤 큽니다.

이 정도면 환자분
통증이 심했을 텐데

최악의 경우에는….

일단 중환자실로
입원 수속을….

순식간에 말도 안 되는 이야기가 쏟아지면서
갑자기 세상이 느리게 흘러갔다.
시곗바늘은 8시 5분을 가리키고 있었다.

문득 엄마가 했던 말들이 생각났다.

계속 두통에 입맛도 없고
몸에 힘이 하나도 없는데
어느 병원을 가도 그냥
스트레스가 원인이라고 해.

검사해도 아무 문제가 없대.

갔던 병원마다 뇌종양 검사는 하지
않아서 초기에 발견할 수 없었던 것 같다.

낮에 외할머니, 외할아버지 산소에
갔는데 근처까지 가서 위치가 생각이
안 나는 거야. 결국 못 가고 돌아왔어.

아까 고객 센터에 전화했는데
갑자기 단어가 안 떠오르더라.

간단한 숫자 계산이
안 돼서 당황스러웠어.

그럴 때마다 나는 병원에서 말한 대로
그저 스트레스 때문이라고 생각했다.

마음 편히 가져 엄마~

병원에서도 아무 이상
없다고 하잖아~

한숨 자는 게 어때?

다 바보 같은 말이었다.

최악이다.

흔적

중환자실 입원 수속을 밟고
엄마가 쓰러질 때 입고 있던
옷과 신발을 받아 왔다.

빨래를 하기 위해
집에 오자마자 꺼냈다.

구토의 흔적,
쓰러질 때 묻은 흙과 풀.

다시금 떠오르는 상황들….

목이 메었다.

꿈에 엄마가 나왔다.

꿈에서라도 얘기하고 싶었는데
엄마는 병원에 있을 때와 마찬가지였다.

모래알

중환자실은 오전, 오후 30분씩
정해진 면회 시간에만 방문이 가능했다.

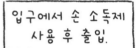

입구에서 손 소독제
사용 후 출입.

면회 가능 인원은 최대 2명.

엄마의 형제들, 친구들과 번갈아 들어갔다.

보호자 출입증

문이 열리면 무거운 공기를 비집고
여기저기서 흐느끼는 소리들로 채워진다.

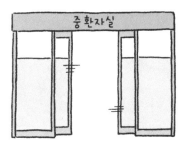

엄마는 중환자실에서 제일 안쪽에 있었다.

내 목소리를 들으면 좀 더 힘이 나지 않을까
하는 생각에 쉴 새 없이 말을 했다.

오늘 날씨는
구름 한 점 없이 맑아.

아까 학교에서
교양 수업을 들었는데….

엄마, 금방
깨어날 수 있을 거야….

엄마가 쓰러지기 전에
함께 보던 드라마가 있었는데

드라마가 끝나면 우리는 전화로
그날 스토리에 대해 한참 수다를 떨었다.

엄마는 여전히 의식이 없었지만
다 듣고 있다는 생각에, 함께 보던 드라마가
어떻게 진행되고 있는지 얘기해 주었다.

면회 시간 30분은 정말 순식간에 끝난다.

엄마를 만나면 만날수록
함께할 수 있는 시간이 모래알처럼
자꾸 손에서 빠져나가는 것 같았다.

생일 2

오늘은 엄마의 생일이다.

나는 엄마의 웃는 얼굴이 좋아서
특별한 날이면 소소하게 이벤트를 했다.

> 풍선을 잔뜩 불어서
> 주방 벽에 하트 모양으로 꾸밈.

엄마~ 생일 축하해!

세상에~ 언제
이런 걸 준비했어~

(어릴 때라 저예산으로)

소소한 것들로 꾸린
생일 선물 4종 세트.

셋뚜셋뚜~

플래카드.

종이로 접은 →
장미꽃으로 데코

치즈케이크를 좋아하는
엄마를 위해 직접 만든 케이크.

노오븐 →

하지만 올해는 엄마가
중환자실에 있어서 아무것도 하지 못했고,
이날이 함께하는 마지막 생일이 되었다.

엄마, 생일 축하해….

긍정

다른 지역에 살고 있던 엄마는
올해 초 내가 사는 지역으로 이사를 왔었다.

중환자실 면회 시간 외에
엄마가 보고 싶어서 참을 수 없을 때면
나는 엄마 집으로 향했다.

내가 졸업하면 다시 예전처럼
함께 살기로 한 집이었다.

집 안 곳곳에는 포스트잇이 가득했다.

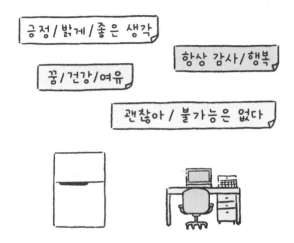

긍정/밝게/좋은 생각

항상 감사/행복

꿈/건강/여유

괜찮아 / 불가능은 없다

엄마는 옛날부터 간단한 글귀를 포스트잇에
적어 잘 보이는 곳에 붙여 놓곤 했다.

그래! 이럴 때일수록
더 긍정적으로 지내자!

아자!　　아자!

엄마한테 긍정적인 에너지를 주기 위해
밝은 모습으로 오후 면회에 갔다.

엄마~ 아까 낮에 엄마 집에 다녀왔어!
긍정적으로 생각하면서 힘낼게!
엄마도 얼른 기운 내!

긍정!   뿜뿜!

웃는 얼굴로 면회를 마치고
중환자실을 나가면서
담당 의사 선생님과 마주쳤다.

안녕히 계세요!
잘 부탁 드립니다!

방긋   방긋

보호자분~
잠깐 얘기 좀 할까요?

네?

의사 선생님이
상황의 심각성을 강조하셨다.

저희도 최선을 다하고 있지만
환자분 같은 케이스는 다시 깨어나기
힘듭니다. 보호자분께서 지금 그렇게
웃으실 상황이 아니에요. 오히려
마음의 준비를 해야 하는 시간입니다.

아마 엄마가 처음 병원에 도착했을 때부터
이미 답은 정해져 있었는지도 모른다.

현실이 보였다.

병원 복도를 멍하니 걷다가
1층 쪽문으로 나왔다.

밤하늘을 봤다.

별이 보이지 않았다.

위이잉~

[친구]
금방 일어나실 거야.
힘내ㅋㅋ

...

순간 화가 났다.

잘 알지도 못하면서 어떻게
이렇게 가볍게 말할 수 있지?

금방 일어나긴 뭘 일어나!
뇌종양이라고! 뇌출혈에
한 달이 넘게 의식이 없다고!

금방이라는 말이 얼마나 기약
없는 고문인지 너는 모르겠지!

이걸 지금 위로라고 하는 거야?

그냥 무시할 수도 있었지만 너무 화가 나서
친구에게 가시 돋친 말들을 잔뜩 쏘아붙이고
일방적으로 연락을 끊었다.

누군가를 위로한다는 게
얼마나 어렵고 무거운 것인지
그때 처음으로 깨달았다.

거짓말

엄마 곁을 왔다 갔다 하는 사이
대학교 4학년 1학기가 끝났다.

엄마~ 나 왔어!
오늘로 기말고사는 다 끝났어.

···

엄마는 자연을 좋아하는데….

주렁주렁 달린 수액들과 여러 기계 장치에
둘러싸인 모습을 보면서 마음이 아팠다.

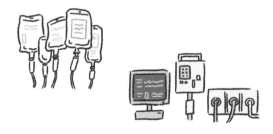

얼마나 답답하고 힘들까.

…엄마.

혹시 만약에….

엄마가 일어날 힘이 없는데

나 때문에 이렇게 남아 있는 거면….

일어나는 게 너무 힘들면….

엄마 하고 싶은 대로 해도 돼.

나는 씩씩하게 잘 지낼 거니까.

내 걱정은 안 해도 돼.

그러니까
엄마가 하고 싶은 대로 했으면 좋겠어.

지키지 못할 말들을 꾸역꾸역 내뱉었다.

그런 나의 말에 답이라도 하듯
이틀 뒤 엄마는 내 곁을 떠났다.

가지 마

늦은 밤, 병원에서
엄마가 위독하다는 연락이 왔다.

네!? 지금 바로 갈게요!

모두 병원에 모여 중환자실로 들어갔다.

의사 선생님은 이제 시간이 얼마 남지
않았다는 말과 심폐소생술에 대해 말씀하셨다.

심정지가 왔을 때 물리적인
힘으로 심장을 뛰게 할 수 있는데
갈비뼈가 부러질 수도 있습니다.

심장이 다시 뛰어도 지금 환자분
상태로는 길어야 5분 정도….

오래 버티시지 못할 겁니다.
충분히 생각해 보시고 결정되면
말씀해 주세요.

조금이라도 더 함께하고 싶은 마음은 컸지만
엄마를 고통스럽게 하면서까지 붙잡을 수 없었다.

10분… 5분… 3분….
약물 투여 간격이 점점 빨라졌고
우리들의 울음소리는 커져갔다.
떠나야 할 시간이 다가오자
엄마의 몸이 이따금 들썩거렸다.

나는 퉁퉁 부은 엄마의 왼손을 잡았다.
착각이었을 수도 있지만
엄마의 손에 힘이 들어가는 게 느껴졌다.

엄마가 마지막으로 힘을 내서
내 손을 잡아 주는 것 같았다.

걱정 말라고 해 놓고
나도 모르게 자꾸만 가지 말라고….
나만 두고 가지 말라고
마음속으로 엄마를 붙잡았다.

잠시 후.

심정지를 알리는 '삐-' 소리와 함께
우리들의 흐느낌만 남았다.

엄마는 자가 호흡을 할 수 없어서
인공호흡기를 달고 있었기 때문에
심장이 멎었는데도 엄마의 숨소리가 들렸다.
기분이 이상했다.
인공호흡기도 곧 제거되었고
사망 시각이 불렸다.

그렇게 엄마는 정말 떠났다.

비

엄마가 떠난 시간은 밤 11시 3분.
장례식은 자동으로 이틀간 치러졌다.

장례식 날 아침부터 비가 많이 내렸다.

하늘도 같이 울어 주는 것 같았다.

부고

부고를 보내야 하는데 엄마의 지인들에게
어떻게 연락을 해야 할지 고민이 되었다.

엄마와 가까운 사람들
말고는 잘 모르는데….

엄마 핸드폰에 있는 연락처를 보고
부고 문자를 보냈다.

위이잉~

여보세요?

문자 받았는데
OOO씨가 누구예요?

저희 어머니신데
핸드폰 연락처 보고
문자드렸어요.

…누구지?
어떻게 됐다고요?

…

저희 어머니께서
돌아가셨는데,
전에 번호 쓰던 분이
지인이셨던 것 같아요.

아아~~
예~ 알겠습니다~~

뚝-

하아….

이런 연락은 몇 번 더 반복되었다.

"

나도 아직 받아들이기 힘든데
내 입으로 엄마의 부고를
계속 말해야 하는 게 너무 아팠다.

위로

장례식장에서 적절한
위로의 말을 찾는 건 어렵다.

위로에 정답은 없다.

묵묵히 안아 주던 친구

함께 울어 주던 친구

각자 자신만의 방식으로 마음을 전한다.

입맛 없어도
밥 잘 먹고 그래야 돼.

무슨 일 있으면
언제든지 연락하고….

응, 고마워 언니….

간혹 위로가 서툰 사람도 있다.

기운 내고….
그래도 공모전은 해야 된다~ㅎ

아휴~ 걱정 마ㅎ
육개장 먹고 가.

함께 공모전
준비 중. →

(나름 웃게 하려고 한 듯)

무언가 위로를 건네야 할 것 같아서 계속 말하다 보면
본인의 의도와 다르게 전달될 수 있으니,
떠오르는 말이 없다면 애써 하지 않아도 괜찮다.

통곡

드라마에서 장례식 장면이 나오면
식음을 전폐하고 통곡하는 모습을 볼 수 있다.

실제로 나는 통곡하지는 않았다.

눈물을 흘렸다가 멍해졌다가….
지인들이 오면 와 줘서 고맙다고
조금 미소 짓기도 했다.

밥도 먹었으며
문상객의 발길이 드문 새벽에는
잠을 자기도 했다.

통곡하지 않는다고 해서
슬프지 않은 건 아니다. 아직 슬픔을
마주할 자신이 없었는지도 모른다.

그냥 내 시계가 멈춘 것 같았다.

좋은 사람

우르르르

단체로 오셨네?
어디서 오셨지?

덥석

!?

아이구, 많이 컸네….

엄마가 사진 보여 주면서
네 얘기 많이 하셨어.

아, 저… 실례지만 누구….

아줌마들은 다 네 엄마한테
도움 받았던 사람들이야.

엄마의 직업은 심리 상담사였다.

어렸을 때는 엄마가
상담 일을 하는 게 싫은 적도 있었다.

엄마 급한 일이
생겨서 늦을 것 같아.

너보다 힘든 친구들이
얼마나 많은데 좀 더 주어진 것에
감사하는 마음을 가질 수 없니?

그 날은 상담이 있어서 어려워.

맨날 일 생겨.

왜 항상 엄마는 나보다 힘든 사람
생각하면서 불평하지 말라고 해?
왜 나는 나보다 잘난 애들 보면서
부러워하면 안 되는 거야?

또야? 엄마는 내 엄만데
왜 다른 애들만 신경 써?

그럴 때마다 엄마의 대답은 한결같았다.

너도 나중에 좀 더 크면
엄마를 이해하게 될 거야.

이날을 염두에 두고 한 말은 아니었겠지만….

네 엄마 덕분에 뒤늦게
공부 시작해서 검정고시 봤어.

대학교 졸업장 받아서
깜짝 놀라게 해 주려고 했는데
어떻게 이렇게 떠나시니….

사랑이 참 많은 분이셨어.

엄마는 좋은 사람이었다.

그대로

엄마의 장례식을 마친 다음 날,
까치 소리에 눈을 떴다.

하늘이 맑다.

창밖으로 웃음소리가 들린다.

평화롭다.

모든 게 그대로인데 엄마만 없다.

세상은 놀라울 정도로 아무렇지 않았다.

맑은 하늘이 싫다.

비나 내렸으면 좋겠어.

정리

엄마가 살던 집을 정리하러 갔다.

여기저기
붙어 있는 포스트잇.

꿈 / 건강 / 여유

서랍 가득한 약들.

집 안 곳곳에 남아 있는
엄마의 흔적들을 보면서 마음이 너무 아팠다.

어떻게 엄마를 보내야 할지 모르겠다.

아직도 내가

하고 부르면

하면서 웃는 얼굴로 나타날 것 같다.

엄마….

나 이제 어떡하지?

곰 인형

엄마의 유품을 정리하다가

문득 구석에 있는
곰 인형이 눈에 들어왔다.

엄마와 떨어져 지내는 동안
가끔씩 툴툴거렸던 나.

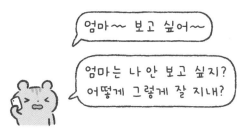

엄마~~ 보고 싶어~~

엄마는 나 안 보고 싶지?
어떻게 그렇게 잘 지내?

엄마도 우리 딸
많이 보고 싶어~

흥~ 거짓말!

집에 있던
커다란 곰 인형 기억나?

응.

엄마는~
우리 딸 보고 싶을 때마다
그 곰 인형을 꼬옥 안아~

에이 뭐야 ㅋㅋ 그거
오래됐으니까 얼른 버려~

곰 인형은
엄마가 얼마나 끌어안았는지

감히 상상할 수 없을 정도로
납작하게 눌려 있었다.

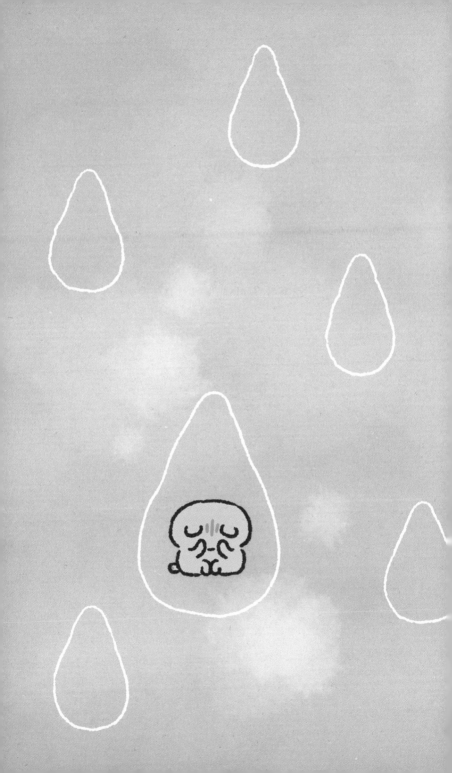

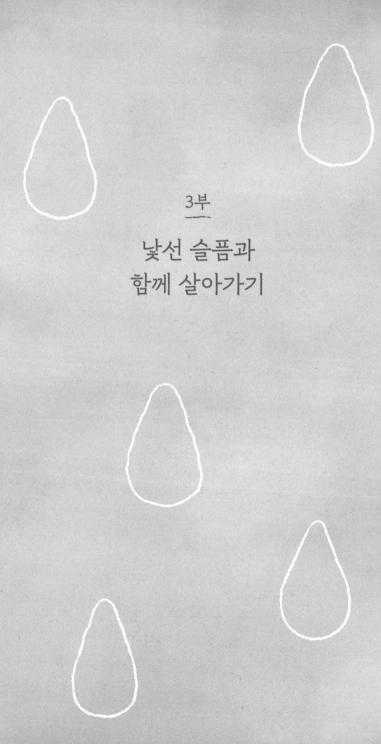

3부

낯선 슬픔과
함께 살아가기

이러지도 저러지도

엄마를 떠나보낸 지 두 달.

여전히 엄마가 보고 싶다.
그립고 미안하고 또 그립다.

시간이 흐를수록 느껴지는
엄마의 빈자리가 너무 쓰라리다.

장례식은 끝났지만 처리하고
정리할 일들이 아직 많이 남아서
마냥 슬퍼할 시간은 없었다.

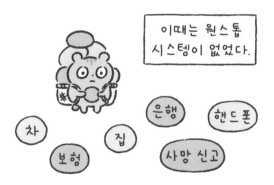

이때는 원스톱
시스템이 없었다.

차
보험
집
은행
사망 신고
핸드폰

그래도 자꾸 눈물이 난다.

생각하면 할수록 너무 마음이 아프지만
웃음소리 하나조차 잊고 싶지 않다.

슬픔을 극복하려고 계속 노력하는데

잘 안 된다.

엄마를 떠올리는 게 괴로우면서도
엄마와의 시간들을 잊어 버릴까 봐 두렵다.

이러지도 저러지도 못하는
괴로운 나날이다.

보고 싶어서

여름 방학이 끝나고
4학년 2학기가 시작되었다.

수업을 들으러 가는데
가는 곳마다 엄마가 아른거렸다.

엄마는 이따금 나를 보러 학교에 왔다.

함께 도서관 앞 벤치에 앉아
이야기를 나누기도 하고

은행잎이 떨어진 교정을 걷기도 하고

학교 정문 앞, 내가 자주 가는 식당에서
제육볶음과 계란찜을 먹곤 했다.

추억에 빠져 있다가
문득 엄마와 먹었던 짜장면이 생각났다.

직접 면을 만드는 손짜장 가게인데
어릴 때부터 엄마와 자주 갔던 곳이었다.

후루룩〜〜

후루룩〜〜

혼자 와 본 건 이번이 처음.

짜장면 한 그릇 주세요.

후루룩〜〜

그 후에도 몇 번이고 다시 가서 먹었다.

도돌이표

정신없이 지내고 있다.

일이 없으면 만든다.
공모전도 할 수 있는 건 다 한것 같다.

수업도 열심히.
과제도 열심히.

걱정해 주는 주변 사람들을 위해서라도
더 잘 웃고 밝게 지냈다.

바쁜 하루를 보내고
밤이 되어 침대에 누우면

참을 수 없는 아픔이 밀려온다.

버스 정류장에서 쓰러졌을 때
혼자서 얼마나 괴롭고 무서웠을까….

중환자실에서 의식도 없이
말라가던 모습이 자꾸 생각나.

계속 원점이다.

아무 것도 해준 게
없어서 미안해.

미안해….

상상

엄마가 쓰러지기 일주일 전.

우리는 함께 목욕탕에 갔다가
어렸을 때부터 종종 가던
근처 식당에서 점심을 먹었다.

엄마는 갈비탕.

나는 냉면.

엄마는 갈비탕에 몇 점 있지도 않은
고기를 계속 나에게 줬다.

어느덧 헤어질 시간.

같은 방향이라 같은 버스.

엄마는 여기서 내릴게.

벌써? 한 정거장
더 가야 하지 않아?

산책 겸 좀 걸으려고~

힝~ 아쉽다.

엄마는 점처럼 작아질 때까지
그 자리에서 계속 손을 흔들었다.

나를 바라보는 엄마의 마지막 모습이었다.

좀 더
함께하고 싶은 날들이 많았고
계속 많을 줄 알았다.

자꾸만 엄마를
그 버스 정류장에 두고 온 것 같다.

이미 흘러간 시간인데
몇 번이고 그 순간을 되돌리는 상상을 한다.

하차입니다.

삑-

엄마!

왜 내렸어?

그냥~ㅎㅎ
같이 걷고 싶어서.

부질없는 상상이다.

눈

겨울이 왔다.

빗방울 속으로

남겨진다는 건 참 고통스럽다.
아프고 무겁고 목이 메고 먹먹하다.
빈 껍데기가 되어 멍하니 하루하루를 보내고 있다.

모두 "힘내"라고 말해 준다.
정말 고마운데 어떻게 힘내야 할지 모르겠다.

아직 슬프고 힘들다고, 눈치 보지 않고
솔직히 말할 수 있다면 좋았을 텐데….

사람들이 나를 걱정하는 게 미안해서,
어쩌다 '엄마'라는 단어가 나오면
다들 내 눈치를 보니까…. 괜히 더 웃고,
이제는 아무렇지 않은 척 행동했다.

그렇게 하루를 보내고 집에 오면 웃지 않는다.

빗방울 속으로 들어가서 계속 울고 싶다.

상담

하루하루 일상이 무너지는 중.

부들　부들

무슨 일 있으면
꼭 학교 심리 상담 센터를 방문해~

재학생은
무료 상담이야!

라고 엄마가 평소에 했던 말이 생각나서

상담 예약을 했다가 취소하기를 두 번….

예전에 다른 곳에서 상담을 받아 본 적이
있었는데 그다지 도움이 되지 않았다.

~기억 소환~

몇 주 동안 망설이다가
세 번째 시도 끝에 취소하지 않고
상담 센터에 발을 내딛었다.

큰 기대는 하지 말자.
이게 뭐라고 떨리냐….

두근 두근

어서 와요!

안녕하세요….

상담 선생님 →

쭈뼛 쭈뼛

음… 예약을 두 번
취소했었군요.

취소 기록이
남는구나!

아, 네에….

여기 오기까지 많이 고민한 흔적이
보이네요. 용기 내 줘서 고마워요.

찌잉

처음 얘기를 나누는 순간부터
전에 만났던 선생님들과 다른 느낌이 들었다.

나는 이곳에 오게 된 이유와 가정사 등
그동안의 일들을 담담하게 얘기했다.

감정적이지 않으려고 했는데
내 의사와 관계없이 계속 눈물이 흘렀다.

대화를 나눌수록 선생님에게 신뢰감이 들었다.
진심으로 나를 도와주려 하시는 게 느껴졌다.

일주일에 한 번씩 상담을 받고,
선생님이 조언해 준 것들을
차근차근 실천하려고 노력했다.

내 탓이 아닌
이유를 찾아서

죄책감을 덜 것.

기분이 다운될 때는
시간을 정해 두기.

오늘은
2시까지만⋯.

끝없이 밑으로 가라앉는 것 같았는데

조금씩 다시 올라가는 기분이 들었다.

그러나 얼마 후 대학을 졸업하고
서울에 있는 회사로 취업이 결정되면서
상담을 그만두게 되었다.

서울 가서도 씩씩하게
지내렴~ 잘 할 거야!

선생님,
정말 감사했어요….

상담을 중간에 그만둬서 그런지
나는 때때로 다시 가라앉았다.

그래도 예전만큼 두렵지는 않았다.

고통의 상대성

심리 상담이 잠시 도움은 되었지만
엄마가 없는 대전에서 지내는 건 괴로웠다.

어디를 가도 엄마와 함께했던 곳투성이라
떠오를 때마다 마음이 아팠다.

기억의 잔상들이 매 순간 나를 괴롭혔다.

더 이상 함께할 수 없다는 현실을
받아들일 수 없어서

나는 도망치듯이 서울로 취직했다.

우여곡절 끝에 들어간 첫 회사는

야근, 철야 많음.

주말 근무 많음.

회식 때 술 많이 마심.

월급 작고 소듕.

대충 이런 느낌?

어쩌다 주말에 출근하지 않으면
그냥 방에 누워서 천장만 올려다봤다.

아무것도 하고 싶지 않아….

천장을 보며 종일 숨만 쉬다가
방이 어두워져도 전혀 지루하지 않았다.

머엉 ~~~

회사 생활도 쉽지는 않았지만
와닿는 고통이 상대적이어서 그런지
그럭저럭 다닐 만했다.

그저 보고 싶고… 미안하고….
그런 마음으로 가득했다.

어쩌면

언젠가 둘이 함께 간 여행 중에
문득 엄마가 사라질 것 같은 불안감이 들었다.

꼼지락

꼼지락

엄마한테 갑자기
무슨 일이 생길까 봐
불안해.

무슨 걱정 있어?

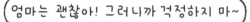

어쩌면 그때의 불안감은 미래의 내가
엄마를 지키지 못한 게 너무 후회돼서….

그리고 보고 싶은 마음을 담아
과거의 나에게 보낸 신호가 아니었을까?

그런 생각이 들었다.

만나는 법

1. 노래방 테이프

어릴 때 노래방에서 녹음했던 테이프를 듣는다.

카세트 속에 조그만 엄마가 있다.

조그만 나도 있다.

노래와 함께 중간중간
하하호호 웃음소리가 들린다.

행복했던 엄마와 내가 있다.

2. 메일

엄마가 보낸 메일 중에서
오늘과 비슷한 날짜의 메일을 열어 본다.

보낸 사람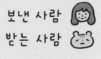
받는 사람

20xx-09-08

인생은 좋은 일, 안 좋은 일이 섞여 있단다.
좋은 일에는 참 좋다고 느끼며 살고
안 좋은 일은 잘 참으면 더 좋은 일이
많을 거라 생각하렴.
항상 감사하는 마음으로 살고
항상 기뻐하길 바란다.

어릴 적 네 모습을 추억하며
엄마는 좋은 생각만 하고
즐겁게 지내려고 하고 있어.

자신감을 갖고 무엇이든
잘할 수 있다고 믿고
네 의지대로 네 인생을 열심히 살길 바란다.
오늘도 네가 건강하게 즐겁게
생활할 수 있어서 엄마는 감사하다.
사랑해. 힘내.

네가 네 생활에 충실하고 건강하게
잘 지내는 것만으로도 엄마는 기쁘다.

메일을 읽다 보면

엄마가 어딘가 먼 곳에서

같은 시간을 살아가고 있는 것 같은 기분이 든다.

엄마와 함께 사계절을 보내고 있다.

그저 웃지요

점심에 팀 회식을 했다.

형제가 어떻게 돼?

아, 외동이야~?
곱게 자랐겠네~

저 혼자예요.

하고 싶은 거 다 하고~
온실 속 화초지.

나왔다!
외동 단골 멘트.

곧 명절이네~
집에 내려가지?

어우~ 불효자!
그러는 거 아니야~
전화도 잘 안 하지?

아뇨, 저는 그냥
서울에 있으려고요.

이럴 때마다 참 곤란하다.
사실대로 말하면 분위기를 깰 것 같고

몰라도 그런 말은 실례죠.
다음부터는 잘 알지도
못하면서 막말하지 마세요.

어머… 그랬구나.
몰랐어….

(갑분싸)

거짓말을 하는 건 뭔가 이상하다.

에휴ㅋㅋ 요즘 젊은
애들은 문제야 정말~

다음에 가려고요….

(당황해서 몇 번 함)

그래서 이럴 땐
그저 웃지요.

흥흥흥….

그렇게 지나갔다.

엄마의 요리

엄마는 요리를 엄청 잘한다기보다
마음을 담는 스타일이다.

은 아니지만
요리 학원을 다닌 적도 있는 노력형!

엄마의 요리 TOP4

4위. 수수부꾸미

시장에서 처음으로 수수부꾸미를 먹어 봤다.

이것이
수수부꾸미!

맛있엉!!

잘 먹네ㅎㅎ

내가 좋아했던 걸 기억하고
딱 한 번 집에서 만들어 준 적이 있다.

이건 뭐야?

수수부꾸미~
어릴 때 시장에서 먹고
맛있어했던 거 기억나?

엄마는 종종 실험 정신을 발휘했다.

그중 대표 메뉴는 바로 김치전!

짜잔~

평범해 보이지만 먹다 보면
뭔가 오독오독 씹히는데….

냠냠냠~

오독 "

오독

그 정체는 바로 호두!
엄마의 김치전에는 잘게 다진 호두가 들어간다.

호두를 넣은
이유는 뭔가요?

머리에 좋으니까!

아하!

(어릴 때는 호두김치전이 보편적인 줄 알았다)

2위. 장조림

보통 장조림은 퍽퍽해서 별로 좋아하지 않는데,
어느 날 엄마가 새로운 부위(?)로 만들어 줬다.

엄마가 어디서 들었는데
이 부위로 만들면 부드럽대.

오~

지방이 좀
붙어 있어.

두근   두근

오물   오물

엄청 부드럽고 말랑말랑해~
입에 넣는 순간 사르르 녹아서
사라지는 마법이!!

디스 이즈 매직…!

그 정도야?
ㅎㅎㅎ

뿌듯~

하지만….

엄마~ 저번에 만들어 준
부드러운 장조림 또 해 줘~

짱맛!

아! 그거… 어떤 부위였는지
까먹어서 이제 못 해ㅎㅎ

쇼크

다시는 먹을 수 없었다는 장조림의 슬픈 전설….

1위. 된장찌개

엄마의 요리 중에서
제일 좋아했던 건 된장찌개였다.

다 됐다!

후루룩~

어때?

오! 식당에서 먹는 깊은 맛!

...

은 전혀 안 나지만 맛있어!

맛있긴 맛있어!!

엄마의 된장찌개는
가벼우면서 살짝 달짝지근하다.

나중은 없었다.

깍두기를 만들고 있는 엄마.

음... 깊은 맛이 없고 양념이 겉돌아!

…

그리고 엄마가 만든 깍두기는
엄마가 만든 파김치랑 오이소박이랑
맛이 다 똑같아ㅋㅋ 신기하다ㅋㅋ

해맑~

라고 솔직하게 말했다가
밥을 못 먹을 뻔했다.

됐어! 먹지 마.

호에에엥….

오늘따라 엄마가 해 준
양념이 겉도는 깍두기가 먹고 싶다.

엄마의 엄마

외할머니는 더 일찍 돌아가셨다고 들었다.

엄마의 엄마는
엄마가 고등학생이었을 때….

엄마도 엄마가
많이 보고 싶었겠다.

엄마는 곁에 없지만 나이를 한 살씩 먹을 수록
지난날의 엄마가 이해된다고 해야 하나….
엄마와 조금씩 더 가까워지는 기분이 든다.

이렇게 어른이 되는 거겠지.

마음의 구멍

어느 날 갑자기 마음에 생긴 구멍.

그렇게 뻥 뚫린 구멍이었다.

배가 아플 때는 약을 먹으면 낫는데

마음은 형태가 없어서 약이 없다.

형태는 없는데 통증은 있다.
어떻게 해야 할지 모르겠다.

건강하고 행복하게

가끔씩 숨 쉬는 게 힘들다.
(심각하진 않음)

산소가 부족한 느낌? 바람을 쐬거나
천천히 물을 마시면 괜찮아진다.

여러 병원을 가 봐도 명확한 대답을 듣지 못했다.

종종 엄마의 마지막 문자를 본다.

생일 축하해. 건강하고
행복하게 살아♥♥♥♥♥

나는 지금 건강하지도
행복하지도 않은 것 같다.

왜 이러고 사냐….

이런 내가 한심했다.

죄책감

한동안 생일이 돌아올 때마다 괴로웠다.

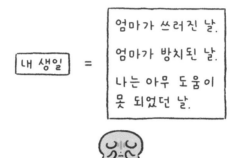

내 생일 = 엄마가 쓰러진 날.
엄마가 방치된 날.
나는 아무 도움이
못 되었던 날.

영화나 드라마에서는
가까운 사람에게 무슨 일이 생겼을 때
주인공이 불길한 기운을 감지하던데.

액자가 갑자기…!

쨍그랑

엄마가 쓰러졌을 때
나는 아무것도 느끼지 못했다.

그런 내가 너무 싫었다.

스스로를 용서할 수가 없었다.

내가 엄마한테
제일 가까운 존재였는데….

슬펐다가

마음 아팠다가

화가 났다가

이런저런 복잡한 감정이 엉켜서

계속 스스로를 괴롭혔다.

무릎

일에 치이고, 대인 관계에 지쳐서
몸도 마음도 너덜너덜하다.

~퇴근~

너덜

너덜

하…….

엄마 보고 싶다.

내일 출근하려면 빨리
자야 되는데 잠이 안 와.

초롱   초롱

답답한 마음에 창밖을 내다보면서
차가운 새벽 공기를 마셨다.

들숨   하아~~~

반복

날숨   후우~~~

그랬다.

올려다보기

반복

내려다보기

(옆은 잘 안 봤던 것 같다)

…

음악 좀 듣다 자야지….

음악은 빠른 기분 전환에 좋다.

우연히 아이유의 '무릎'이라는 노래를 들었다.

듣는 내내 가사가 너무 마음에 와닿아서
밤새 펑펑 울었다.

어릴 때 학교를 마치고 집에 오면
엄마의 무릎에 머리를 대고 누웠다.

총총총

털썩~

나는 학교에서 있었던 일을
쉴 새 없이 쫑알거렸고
엄마는 웃으면서 들어 주었다.

쫑알

쫑알

엄마가 천천히 이마를 쓸어 주면
나는 어느새 잠이 들었다.

나에게 내어 주었던 엄마의 무릎.
내 이마를 쓸던 엄마의 손길.
나를 내려다보았던
엄마의 따뜻한 눈과 다정한 미소.

세상 편안해지던 시간.

다시는 돌아오지 않을 시간.

마음의 정리

사회생활을 하다 보면
장례식장에 가게 될 때가 있다.

사랑하는 사람을 잃는 슬픔을 겪어 봤지만
여전히 어떤 말을 해야 할지 모르겠다.

> 바쁠 텐데 와 줘서 고마워….
> 편찮으신지는 꽤 됐어.

> 고비도 여러 번 있었기 때문에
> 어느 정도 마음의 정리는 하고 있었어.

집으로 돌아가는 길에
친구의 말이 계속 머릿속을 맴돌았다.

마음의 정리….

아픈 마음.
미안한 마음.
후회하는 마음.

⋮

언젠가는
다 정리해야 하는 마음.

생각이 나

길을 걷다가 팔짱 끼고 가는
엄마와 딸을 보면 생각이 나.

맛있는 음식을 먹으면 생각이 나.

엄마도 치즈케이크 좋아하는데.

흥미진진한 드라마를 보면 생각이 나.

네까짓 게 감히!

헐… 대박!

우리 취향의 영화가 개봉하면

오….

함께 얘기했던 순간이 떠오르면

그랭!
엄〰청 큰 걸로
달아 줄게ㅎㅎ

나중에 돈 많이 벌면
엄마 집에 샹들리에 달아 줘.

그냥 자연스럽게 생각이 나.

생각날 때마다 슬퍼하면 매일 눈물바다겠지.

그래서 그냥 울컥울컥하는 마음을 꾹 누른다.

그렇게 누르며 지내다가
가끔은 정말 뜬금없는 걸 보고 또 생각이 나서

눌러 왔던 모든 것이 한순간에 무너진다.

함께하는 시간을 좀 더
소중하게 생각했으면 좋았을 텐데.

무의미한 시간은 없다는 걸
그때는 몰랐다.

4부
_

다른 누구도 아닌
나를 위해서

충분히 슬퍼할 것

첫 회사를 그만두고 며칠 후
엄마가 보고 싶어서 봉안당에 갔다.

스쳐 지나가는 기억

아주머니는 떠나보낸 아들에게
쿨하게 욕도 하고 농담도 하셨다.

아주머니의 말씀에
왜 갑자기 내가 울컥하던지….

어머니시니?

네에….

아이구… 사진 속의
엄마랑 판박이네….

이거 마시고 기운 내.

감사합니다.

아줌마는 아들을 잃었는데
이제 일 년 다 돼 가.

거의 매일 왔어.
와서 울고 얘기하고….

그랬더니 여기 응어리진 게
조금씩 풀리더라.

슬플 때는 슬퍼하고
울고 싶을 때는 울고 그래.

그러다 엄마한테
웃는 얼굴도 보여 드리고.

그래야 엄마도 천국에서
마음 편히 계시지.

네….

정신없이 지내다 보면
괜찮아질 거라는 생각에
앞만 보고 달려왔다.

하지만 나에게 필요했던 건
바쁘게 살면서 슬픔을 외면하는 게 아니라,
내 감정을 제대로 마주하고
충분히 슬퍼하는 게 아니었을까?

당연한 것

요리하는 걸 딱히 싫어하지 않지만

요리 영상 보는 거 좋아함.

먹고 싶은 게 있으면
레시피 보고 해 먹음.

직장 생활을 하다 보면
집에서 요리를 해 먹을 일이 거의 없다.

~두 번째 회사 다니던 시절~

평일

〈아침〉
회사 조식

〈점심〉
외식

〈저녁〉
(야근하니까)
외식

분노의 짬뽕

주말

혼밥 좋아함.

〈약속이 있을 때〉
지인과 외식

〈약속이 없을 때〉
(피곤하니까) 외식

그러다 프리랜서 생활을 시작하면서
건강을 위해 직접 요리를 해 먹게 되었는데
(배달 음식도 가끔 먹음)

매끼 식사를 준비하는 게
정말 힘들고 엄청난 시간과 정성이
들어간다는 걸 알게 되었다.

찌개랑 반찬 한두 개
했는데 시간이 벌써!?

요리하다
하루가 끝나겠어~

점점 간결해지는 식탁.

미니멀라이프(?)

즉석밥+계란

엄마는 이걸 매일
하루에도 몇 번씩….

어릴 때는 엄마가
삼시 세끼 밥을 차려 주는 게
당연하다고 생각했는데.

그냥 별 생각
없었던 것 같기도….

누군가를 위해 식사를 준비하는 건
정말 큰 사랑과 정성이 들어간다는 걸
너무 늦게 깨달았다.

맛있어!

잘 먹었습니다!

잘 먹겠습니다!

이런 말은 했었는데

요리해 줘서 고마워 엄마!

준비하느라 고생 많았어!

이런 말은 잘 안 했던 것 같다.

세상에 당연한 건 없다.

생일 3

엄마는 내가 어릴 때부터
편지를 자주 써 줬다.

간단한 쪽지부터 장문의 편지까지
나는 모을 수 있는 대로 모아서 갖고 있다.

메리 크리스마스!
예쁘고
귀엽고
사랑스런 딸 ~♡♡
그동안 고생 많았다.
힘든 과정을 잘 참고
이겨내서 사랑스럽구나.
이쁜만큼 큰 보람있는거야.
앞으로 좋은 일 많이
뜻이루고 ~행복해라
늘 너를 위해 기도할께
많이 컸다. 똑똑한 내딸
힘내! 사랑해~ 엄마가~

사랑하는 딸 ♡♡
힘내!

엄마와 떨어져 지내던 시절,
생일 선물로 책을 받았다.

엄마가 책 첫 장에 써 준 글을
생일이 돌아올 때마다 읽고 있다.

읽다 보면 엄마가 먼 곳에서
응원해 주는 기분이 든다.

"생일 축하해" I love you〜

사랑하는 딸 🐻에게 이 책을 선물한다.

엄마가 네 곁에 있지 못해 미안하다

사랑하는 만큼 말 듣지 못해 더 미안하다.

그래도 엄마는 매일이다 🐻 생각하며 지낸다.

엄마가 널 위해 기도하고 마음으로 응원하고 있다.

엄마가 외치는 소리 들리니?

"힘내 🐻아. 잘한다 내딸, 잘한다! 잘해!"

넌 계획은 꿈은 반드시 이룰것이라 엄마는 믿는다.

항상 감사하는 마음 갖고 웃으면서 😃😊
긍정적인 생각 하고 건강 관리 잘해서 마음 편히 지내.
독톡을 함께 적극적으로 노력하고
너만의 휴식시간도 결국 가지면서
인생의 마라톤에서 꼭 승리하길 바란다.
독톡 완성을 위해 적극적으로 준비하고 실천하는
슬기로운 사람이 되길 바란다. 사랑해〜우리딸큰〜

올해도 엄마는 내 생일을 축하해 주었다.

봄

원데이 클래스를 들으러 갔다.

오늘 들을 수업은 '리스 만들기'!
정확히 말하자면 봉안당 리스를 만드는 것이다.

엄마를 봉안당에 모시고 급하게
봉안당 매점에서 판매하는 리스를 달았다.

정신없음

이걸로 할게요.

집에 돌아와서 계속 리스가 마음에 걸렸고

결국 밤새 직접 만들어서 다음 날 교체했다.

그 후 시간이 흐르고
어느덧 리스를 바꿔야 하는 시기가 되었다.

신경 쓰임.

오래돼서
종이가 축 처짐.

좀처럼 마음에 드는 리스가 없던 와중에
원데이 클래스가 생각났다.

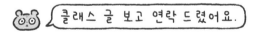

클래스 글 보고 연락 드렸어요.

봉안당 리스도 제작 가능할까요?

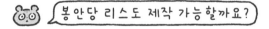

네~ 납골 안치단 사이즈만
잘 확인해 주세요.

초반에는 어려웠지만
선생님의 도움으로 금세 프레임을 꾸몄다.

생화 같은 조화 →

엄마 취향은 내가 잘 알지~
떨어지지 않도록 꼼꼼하게!

리스를 만드는 동안 엄마를 위해
무언가를 준비하고 있다는 생각에
즐겁고 설렜다.

파스텔 톤의 꽃에 레이스 리본 완성!

엄마가 있는 곳은
항상 꽃향기가 가득한 봄이었으면 좋겠다.

눈물바다

새로 만든 리스를 들고
엄마를 만나러 대전에 갔다.

택시를 타고 터미널에서 봉안당까지
가는 동안 익숙한 풍경들이 보였다.

엄마랑 갔던 칡냉면 가게.

농수산물 시장.

봉숭아 물들이기.

(은은한 색이 좋아서
우리 항상 연하게 물들였다)

함께했던 순간들이 아른거렸다.

그렁그렁한 눈으로 창밖을 바라보며
훌쩍이는 사이 봉안당에 도착했다.

주섬주섬

기사님이 나의 훌쩍임을 눈치채고
말없이 휴대용 티슈를 주셨다.

스윽

나름 조용했다고
생각했는데….

감사합니다….

머쓱

봉안당에 들어가자 특유의 냄새가 났다.

리스를 교체하고 쭈그려 앉아서
엄마 사진을 바라봤다.

···차가워. 엄마는
추운 거 싫어하는데.

따뜻해져라.

이렇게 내가 지켜 줬어야 했는데···.

한 번 생긴 죄책감은 좀처럼 사라지지 않는다.

그렇게 계속 바라보다가, 간간이
흐느꼈다가 한 시간 정도 지났을 무렵

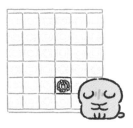

창문이 꽤 높은 곳에 있는데
축축해진 내 손에 바람이 느껴졌다.

어디서 부는 거지?

엄마가 이제 그만 울고 가라는 것 같았다.

화장실에 들러서 세수를 하고

산 속 에서 택시를
어떻게 타야 하나 고민했는데

순식간에 택시가 왔다.

세상 좋아졌다!
옛날에는 저 밑으로 내려가서
버스를 한참 기다렸는데….

택시를 타고 다시 터미널로 향했다.

…

꽈악

안전벨트를 꼭 잡고 멍때리고 있는데
기사님의 폭풍 질문이 시작되었다.

계속되는 질문에 추슬렀던
눈물이 다시 터져 나왔다.

흐엉어어엉어엄.

어차피 남이라는 생각에 속상한
마음들을 주저리주저리 쏟아 냈다.

흠흠….

오랜만에 어머니 사진 보고
마음은 좀 풀렸나요?

내가 울어서
좀 당황하신 듯. →

택시 안은 정적이 흘렀다.

신호가 빨간불에 걸려서 잠시 차가 멈췄다.

눈물바다의 택시가 되었다.

또 다른 나

야근하고 새벽 2시,

택시도 잘 안 잡히고
집까지 두 정거장이라 걸어갔다.

걷기 운동이라도
하지 않으면 건강이…

피곤   피곤

출발한 지 얼마 안 돼서
길바닥에 누워 있는 사람 발견.

자는 건가?!

엄마 일 이후로 길에 쓰러져 있는 사람을
발견하면 그냥 지나칠 수 없게 되었다.

일단 좀 깨워야겠다는 생각에 대화를 이어 나갔다.

워낙 취한 상태여서 알아듣기 어려웠지만
나와 비슷한 아픔을 겪은 아이였다.

횡설수설

마음이 아팠다.

아빠가 너무 보고 싶어여…
너무 죄송하고… 내가…
내가 정마알…

울컥

너는 잘못 없어…
몰랐잖아…

토닥

토닥

이야기를 들어 주면서 근처 지구대로
향하는데, 자기는 절대 안 갈 거라며
도중에 자꾸 주저앉아서 곤란했다.

어느덧 지구대가 가까워지자

분명히 만취 상태였는데 지구대를
코앞에 두고 핸드폰을 잠가 버렸다.

(이런 일이 자주 있었던 듯?)

그렇게 겨우겨우 지구대 도착.

갑자기 기분 UP.

경찰 아저씨께 자초지종을 말씀드렸다.

두 분은 관계가 어떻게 되시나요?

그냥 지나가던 사람이에요.

바닥 말고 의자에 앉으세요~ 연락할 만한 곳 있나요?

당당

핸드폰이 잠겨서 연락처를 찾는 게 어려웠다.

비번은 안 알려 줄 거지롱〰

지문 인식 못 하게 손 가림.

안절부절

야.

총체적 난국…

얼른 잠금 풀어~

언니이~~ 머리 이쁘다아아
나도 언니처럼 할래!

갑자기?

밝은 데서 보니까
잘 보이네.

연보라색 머리

하아….

ㅋㅋㅋ

스트레스를
염색으로 풀던 시절.

모두 난감하던 찰나에
극적으로 지인에게 연락이 닿았다.

아는 언니분이 지금
경기도에서 오신다네요.

오! 어떻게
연락하셨어요?

그냥 전화가
걸려 왔어요 ㅎㅎ

고생이 많으십니다.

쳇

그럼 저는 이만 갈게요.

내 할 일은
다 끝난 듯.

?

언니이···

덥석

언니이··· 고마워여··· 이거···
내가 낼 아침에··· 먹으려고···
했는데에··· 언니 줄게여···

← 바나나

에휴, 마음만 받을게.
이건 내일 너 먹고 다음부터 이러지 마.

밤늦게 너무 위험하잖아.
너 이러면 아빠가 하늘에서 걱정하셔.

쓰담쓰담

네에….

무사히 인수인계를 마치고 다시 집으로 향했다.

잘 지냈으면 좋겠다.

집에 도착하면
몇 시지….

그때는 몰랐다.

그건 단순한 술주정이 아니라
슬픔, 그리움, 후회 등이 뒤섞인 애도였다.

그 아이는 그렇게 있는 힘껏
쏟아 내면서 애도하고 있었다는 걸
시간이 많이 지나고 나서야 깨달았다.

버스 정류장

엄마는 여행을 좋아하니까 또 여행을
떠났다고 생각하며 현실을 외면해 보기도 했다.

어딘가에 있을 엄마를 생각하니
그럭저럭 지낼 수 있었다.

나중에 엄마를 만나면···

하지만 이 현실 도피 역시 언젠가
끝내야 한다는 걸 어렴풋이 알고 있었다.
나는 여전히 그 버스 정류장에서
돌아올 수 없는 엄마를 기다리고 있었던 것이다.

엄마는 돌아오지 않는다.
더이상 이 세상에 없음을 마주해야 한다.

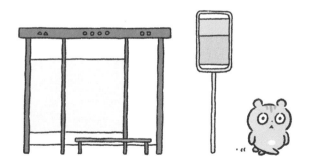

나는 이제 버스 정류장을 떠날 준비가 됐다.

유명한 선생님

학교 심리 상담 센터에 대한 기억이 좋아서
다시 상담을 시작해 보기로 결심했다.

어디로 가지? 너무
많으니까 선택이 어렵네.

상담 센터
검색 중. →

어디가 좋은지 잘 몰라서
그냥 유명해 보이는 곳으로 가 보았다.

방송에도 나온 곳이니까 괜찮겠지?

첫 대면

운이 좋네~
원래 예약한 선생이 오늘 휴가라
원장인 나한테 받게 된 거야.

나 되게 비싸!

보자마자 반말이네.

내가 외국어를 잘했으면
어땠을 것 같아?

갑분 퀴즈 타임

···글쎄요?

상담 시작한 건가?

지금 여기 없지!
세계를 돌면서 상담하고 있을 걸?

오늘 나한테 상담받는 걸
진짜 행운으로 알아야 돼ㅋㅋ

하… 하하….

괜히 왔다.

(상담 결과는 할말하않)

유명한 이유가 분명 있을 것이다.
하지만 나와는 맞지 않았다.

다시 찾아보자.

콩

지인 소개로 온 이곳은 약 처방도 하고
전문 상담사도 있는 곳이었다.

스트레스를 받는 상황이 생기면
숨 쉬는 게 조금 힘들었는데,
언젠가부터 아무 때나 갑자기 가슴이
두근거리고 숨 쉬기가 힘들어요.

오래 가진 않고 바람을 쐬거나
물을 마시면 괜찮아져요.

가슴이 두근거리고 숨 쉬기가 힘든 건
대표적인 공황 장애 증상이에요.

쓰러질 정도로 숨을 못 쉬는 건 아닌데
공황 장애라고 할 수 있나요?

아직 초기 단계여서 그래요.
앞으로 상담과 인지 행동 치료를
통해 점점 좋아질 거에요.

상담비는 1회에 1시간을 기준으로 10만 원.

장기적으로 다닐 생각을 하니 꽤 부담스러웠지만,
선생님이 나랑 잘 맞았기 때문에 여기서
해결책을 찾을 수 있을 것 같은 신뢰가 들었다.

숙제도 열심히 했고 상담도 빼먹지 않고 다녔다.

두 달 정도 되었을 무렵.

예약 시간에 맞춰서 병원에 갔는데
선생님이 안 계셨다.

담당 선생님 여름 휴가
가셨는데 못 들으셨어요?

네?!

알고 보니 나 이외에도
허탕 치고 간 사람들이 여럿 있었다.

죄송해요~
저희도 지금 뒤늦게
연락 돌리고 있어요.

하아….
네, 알겠습니다.

그 당시 내 마음은 유리 같았다.

집에서 병원까지 왕복 4시간이었는데
선생님을 꽤 의지하고 있었기 때문에
많이 화가 나고 섭섭했다.

일주일 동안 이날만 기다렸는데….

어떻게 나한테
이럴 수 있지?!

근처 카페에 가서 마음을 진정시켰다.

사람은 누구나 실수를 하지.
선생님도 그냥 사람이야.

도움이 필요한 순간 상대에게
의지하되 너무 의존하지는 말자.

결국 내 인생이야.

~디저트로 셀프 힐링~

그날 저녁, 선생님으로부터 전화가 왔다.

이미 신뢰가 깨져 버려서
더 이상 선생님께 상담받고 싶지 않았다.

마음의 문이 다시 닫혔다.

강심장

고심 끝에 또 다른 곳을 방문했다.

집이랑 가깝고
후기도 좋으니까 이번엔…!

용기를 냈지만 나에게 돌아온 건
안 온 것만 못한 대답이었다.

허허~ 그 정도 시간이 흘렀으면
보내 드릴 때도 됐죠~

아… 그런가요….

자꾸 눈물이 나는 건 마음이 약한 건데
힘든 일을 덜 겪어 봐서 그래~

살면서 이런저런 일 겪다 보면
강심장이 되는 거예요~

뭘 더 겪어 보라는 거지?

네에.

마상

계속 듣다가 먼저 말을 꺼냈다.

혹시 전문 상담 선생님도 따로 있나요?
상담 치료를 집중적으로 받고 싶어서요.

상담 치료가 필요한 상황인 건 사실이에요~
근데 급하게 아무나 고용할 순 없잖아요?
저희도 상담 선생님을 찾고 있긴 한데 어렵네요.

여기는 의사만 있는 곳이었다.

한동안 약 처방 위주로 진료가 이뤄졌고
나는 상담 선생님이 빨리 채용되기를 기다렸다.

일주일 동안 어떠셨어요?

아직도 기운이 없고 잠을 잘 못 자나요?

다른 약으로 바꿔 볼게요.

그러나 상담 선생님은 계속 채용되지
않았고 문득 이런 생각이 들었다.

5분도 안 되는 간단한 진료 끝에
내 손에 쥐어지는 약 봉투.

이런 눈깔사탕이나 받으려고 온 게 아니다.
위로받고 싶어서 온 것도 아니다.

정말 극복하고 싶고 벗어나고 싶어서
그 길을 제시해 줄 멘토가 필요한 건데….

의사 선생님의 말이 계속 머릿속을 앰돈다.

그 정도 시간이 흘렀으면
보내 드릴 때도 됐죠~

마음이 약해서
눈물이 나는 거야~

힘든 일을
덜 겪어 봐서 그래~

파사삭

주섬   주섬

또 찾아보자⋯.

강심장이 되어 가고 있다.

휴식

계속되는 마상으로 지쳐서
병원 찾기를 잠시 쉬기로 했다.

마음의 평화가 필요하던 차에
친구의 추천으로 요가 학원에 등록하게 되었다.

너무 빡세지 않은 곳으로!
마음이 편했으면 좋겠어.

최근에
요가 지도자
과정 수료 →

ㅇㅋㅇㅋ

요가에도 여러 종류가 있지만 나의 목적은 힐링!
명상과 스트레칭 위주의 요가 수업을 들었다.

들이마시고~

내뱉으세요~

걱정, 슬픔, 고통….
내 안의 부정적인 것들을
내쉬는 숨에 함께 내보내세요.

명상을 하던 도중 어느 순간
바다 깊숙이 가라앉는 느낌이 들었다.

주변의 작은 소음조차 거슬리지
않았고 마음이 평온했다.

학원을 나서는데
발걸음이 한결 가벼웠다.

내 안의 화

일대일 요가를 시작했다.

오늘은 마음을 들여다보는
시간을 가질 거예요.

선생님, 제 안에는 화가 참 많은 것 같아요.
근데 이걸 어떻게 풀어야 할지 모르겠어요.
열받으면 제대로 말도 못 하는 제가 한심해요.

화가 나는 순간 왜 분노를 느꼈는지 자신의 감정에 대해 잘 알아야 해요.

나의 생각, 믿음…. 즉, 가치관과 맞지 않기 때문에 화가 나는 거예요.

최근에 화가 났던 일들을 여기에 적어 보세요.

(1) 사건 (육하원칙)
(2) 나의 생각, 감정 (구체적으로)
(3) 왜 분노를 느꼈는가?
(4) 나는 ☐ 을 중요시하는 사람이다.
(5) 결정 : 변화할 것인가, 그대로 둘 것인가

당시의 상황을 떠올리며 적기 시작했다.

(1) 사건
내과에서 진료를 받을 때 의사 선생님의
설명이 부족했고, 내가 나가지도 않았는데
바로 핸드폰을 했다.

(2) 나의 생각, 감정
무시당하는 느낌이 들어서 화가 났다.

자, 이제 여기서
본인의 가치관을 알 수 있어요.

회원님은 성실함, 배려, 친절함을
중요시하는 사람인 거예요.

(3) 왜 나는 화가 났을까?
(4) 나는 '존중'을 중요시하는 사람이다.
(5) 결정:변화하고 싶다 → 의사 표현

결론적으로 이렇게 정리할 수 있겠네요.

그럼 이제 화가 났던 상대에게
못 했던 말을 적어 보도록 할게요.

상대방에게 내 의견을 전달할 때는
감정을 있는 그대로 표출하지 말고
예의범절에 맞게 말하고 행동해야 해요.

'당신이 나에게 이런 행동을 해서
나는 이런 기분이 들었고
나는 이것을 중요시하는 사람이므로
앞으로 이렇게 해 줬으면 좋겠어'라고
구체적인 요구 사항까지 적어 보세요.
그리고 마지막에 '부탁해요'로 끝내면 됩니다.

나는 차분하게 하고 싶은 말들을 적어 보았다.

선생님, 아까 제가 나가지도 않았는데
바로 핸드폰을 하시고 저한테 말씀하실 때
눈도 잘 마주치지 않으셨죠.
저는 그런 모습들 때문에 무시당하는
기분이 들고 화가 났었어요.
왜냐면 저는 존중을 중요시하는
사람이기 때문이에요.
앞으로는
① 눈을 마주치며 말하고
② 조금 더 긴 시간 저의 상태를 설명해 주고
③ 제가 나간 후에 개인 할 일을 하셨으면
   좋겠어요. 부탁해요.

자, 이제 이걸 소리 내서 읽어 보세요.

네? ㅋㅋㅋ 너무 부끄러운데….

할 수 있으세요~

악… 네…. ㅎㅎ

부끄러운 마음에 살짝 웃으면서
읽었는데 선생님이 나를 붙잡았다.

자, 다시 할게요~ 웃지 말고 화내지도
말고 천천히 단호하게 말하세요.

네…!

잘하셨어요! 화가 날 때마다 이렇게 글로 쓰고 읽으면서 내 안의 화를 쌓아 두지 말고 풀도록 하세요.

그 순간에 제대로 말하지 못했다고 해서 절대 본인을 탓하면 안 돼요.

그럼 마지막으로 상대방으로부터 듣고 싶었던 말을 써 볼 거예요.

제가 가이드를 해 드릴테니 다음부터는 참고해서 쓰시면 돼요.

선생님의 말을 따라 적었다.

그랬구나. 네가 그런 기분이 들지 몰랐어.
정말 몰랐어. 미안해. 몰라서 그랬어 미안해.
앞으로는 너를 존중하는 말과 행동을
보이도록 노력할게. 얘기해 줘서 고마워.

이 또한 천천히 소리 내서 읽어 보았다.
(실제로 나에게 말하듯이)

회원님의 감정이 풀릴 때까지
계속 읽으세요. 며칠이 걸리더라도요.

네!

당사자에게 진심 어린 사과를 받는 게
제일 좋지만 간접적으로 그 대상을 불러와
사과를 받음으로써, 상처받은 내 마음이 풀리고
분노가 사그라드는 걸 느꼈다.

> 이렇게 연습하다 보면
> 현장에서도 차분하고 단호하게
> 의사 표현을 하게 될 거예요.

> 의사 표현을 여러 번 했음에도
> 상대가 바뀌지 않는다면 서로를 위해서
> 굿(good)바이(bye) 해야 합니다.

내 가치관에 대해 생각해 보면서
나를 더 자세히 알 수 있었고
불필요한 감정 소모를 하게 만드는
대인 관계도 정리하는 계기가 되었다.

상처 마주하기

두 번째 일대일 요가 시간.

선생님... 사실 지금 마음이 너무 힘든데
이것도 도움받을 수 있을까요?

그럼요! 어떤 일로
힘든지 얘기해 주세요.

선생님이 내주신 따뜻한 차를 마시면서
내 과거부터 엄마의 일까지 말씀 드렸다.

얘기를 다 마친 뒤 선생님이
나를 꼬옥 안아 주셨다.

아이고… 얼마나 아프고 힘드셨어요….
그동안 너무 고생 많았어요….

제가 요가 강사가 되기 전에
병원에서 근무했어요.

그렇기 때문에 어머님께서
구조되는 과정과 응급실에서의
상황들은 도저히 이해할 수가 없네요.

어머님을 잃고 어떤 마음이
들었는지 천천히 말씀해 주세요.

너무 슬펐고··· 엄마한테
제가 아무것도 해 주지 못해서
죄책감이 들었어요.

'아무것도 해 주지 못해서'는 잘못된
생각이에요. 인간은 불완전한 존재예요.
그렇기 때문에 죄책감을 느끼실 필요 없어요.

효도란 뭘까요?

음… 부모님 말씀 잘 듣고… 공경하고….

아니에요.
말 잘 듣는 'yes girl'이 아니라
'효도'는 '낳아 주고 길러 준 존재에 대한
감사함을 잊지 않는 것'이에요.
누군가를 위해 살지 말고 '나는 내 삶에
책임진다'라는 걸 꼭 기억하세요.

아… 네…!

자, 지금부터 어머님께 편지를 써 볼 거예요. 어머님을 잃은 당시에 어떤 기분이었고 어머님께 어떤 말들을 하고 싶었는지 구체적으로 써 보세요.

내가 23살이었을 때 엄마가 갑자기 쓰러져서 말 한 번 제대로 못 해 보고 엄마를 보냈어. 너무 갑작스러운 이별이어서 많이 놀랐고 슬펐고…. 착한 엄마를 데려간 신이 너무 미웠고 나는 이렇게 슬픈데 세상은 너무 평화롭게 흘러가서 화가 났어. 엄마랑 많이 대화하고 산책하고 여행 가고 맛집도 다니고…. 하고 싶은 일들이 정말 많았는데 그 모든 걸 할 수 없다는 사실이 나를 너무 힘들게 해.

⋮

> 다 쓰셨으면
> 소리 내서 읽어 보세요.

머릿속을 맴돌던 생각들을 입 밖으로 내뱉자
눌러 왔던 감정들도 같이 쏟아져 나왔다.

> 잘하셨어요. 다음은 어머님께 듣고
> 싶었던 말을 써 볼게요. 내용은 자유롭게
> 쓰시면서 세 가지 말을 포함시켜 주세요.

> 미안하다 x 5번,
> 네 잘못이 아니란다 x 10번,
> 사랑한다 x 20번

선생님이 말씀하신 세 가지 말을 중간중간
넣으면서 엄마의 편지를 써 내려갔다.

○○아, 너무 갑자기 너를 혼자 두고 떠나서
미안해. 이건 네 잘못이 아니야. 함께하는
시간이 이렇게 짧을 줄 엄마도 몰랐어.
정말 미안해. 그래도 엄마의 사랑은 영원하단다.
자책하지 말고 우리가 함께한 행복했던
시간을 떠올리며 웃으면서 지냈으면 좋겠어.
엄마가 우리 딸 많이 많이 사랑한다.
⋮

편지를 다 쓰고 이 또한 소리 내서 읽어 보았다.
엄마가 직접 나한테 말하는 게 아닌데
마음 한구석에 있던 응어리가 풀리면서
계속 눈물이 흘렀다.

마음의 상처는 하루아침에 낫지 않아요.
이 편지를 천천히 매일 읽으세요.
소리 내서 읽으면 더 좋아요.

네, 감사해요 선생님.

나는 몇 번이고 시간을 되돌리는 상상을 하며
죄책감 속에서 오랜 시간을 보냈다.

'내가 무언가 할 수 있는 일이 있지 않았을까?'

끊임없이 스스로에게 책임을 물었다.
엄마가 떠오를 때마다 눈물을 흘리는
내 나약함도 싫었다.

하지만 그러면 안 된다.
내 상처를 가장 먼저 공감하고
위로해 줘야 할 사람은 바로 나다.

어떠한 상황에서도
자기 자신을 지키고 사랑해야 한다.

나를 사랑하기

세 번째 일대일 요가 시간.

선생님, 저는… 제가 싫어요….
모두들 자기 자신을 사랑하라고 하는데
어떻게 해야 하는 건지 잘 모르겠어요.

라는 내 질문에 선생님은

오늘은 상처를 치유하는
명상을 해 볼게요.

라고 답하고 수업을 시작하셨다.

눈을 감고 상처받았던 나, 어린 시절의
나를 마음속에서 불러 오세요.

"그랬구나. 아팠구나." 하면서
들어 주고 안아 주세요. 무한한 사랑을
느낄 수 있도록 해 주세요.

어린 시절부터 지금의 내가 되기까지
겪었던 크고 작은 상처를 꺼내 보았다.

스스로를 사랑하지 못하는 이유는
여기에 있었다. 내가 나를 외면하다 보니
사랑할 수 없게 된 것이다.

상처받았던 나를 한 명 한 명 위로했다.

그때 많이 아팠지?
너무 힘들었겠다….

내가 네 마음은 생각하지 않고
빨리 잊으라고만 했어….

천천히 호흡하면서
슬픔, 고통을 내보내세요.

웃는 나, 건강한 나, 온전한 나,
무한한 내 이미지를 그리세요.

수업을 마치고 집에 가는 길.
지하철 안에서 잠시 생각에 잠겼다.

나는 왜 제대로
슬퍼하지 못했을까?

왜 바로 상처를
외면했을까?

어릴 때 학교에서 눈물을
보이면 이런 애들이 꼭 있다.

울어~? ㅋㅋㅋ

슬픈 와중에도 짜증이 나는 건
내가 슬퍼하는 걸 방해하는 존재임을
본능적으로 느꼈기 때문일 것이다.

'학교'라는 작은 사회 안에서도 눈물을
보이면 순식간에 약자가 돼 버린다.

그렇다.
우리는 어릴 때부터 기쁘고 좋은 일은
축하하지만 슬픈 일은 암묵적으로 외면했다.

아이가 길에서 넘어졌을 때 아파서 울면
다그치거나 웃으면서 빨리 일으켜 세운다.

괜찮아~ 별일 아니야.

뭘 잘했다고 울어!

에구~ 넘어졌네ㅎㅎ

뚝! 이런 걸로 울면 안 돼.

내가 이럴 줄 알았다~

얼른 옷 털고 일어나~

몸은 솔직하다.
몸도 마음도 아프니까 눈물이 나는 거다.

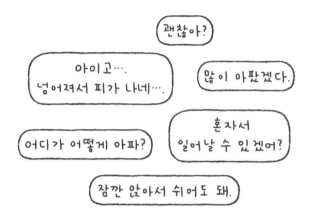

라고 먼저 말해야 하지 않을까?
자신의 감정에 대해 느낄 시간을 충분히 주지 않는다.
이런 환경에서 자라다 보니, 상처 앞에서
괜찮아야 한다고 자연스럽게 몸에 익은 것이다.

괜찮아~

가 아니라

괜찮아?

가 되어야 한다.

우리는 일상에서 꺽는 작은 상처부터
마주해야 할 필요가 있다.

라는 말로 자신의 감정을 속이면 안 된다.
기쁠 때는 기뻐하고 슬플 때는 슬퍼하자.

어릴 때 실컷 울고 난 후의
후련함이 그 증거가 아닐까?

억지로 긍정적일 필요도 없다고 생각한다.

불편한 감정이 들 때 빨리 잊으려고
하기보다는 시간이 걸리더라도
솔직하게 자신의 감정을 마주하자.
그 감정을 충분히 느낄 시간을 갖는다면
결과는 자연히 긍정적으로 흘러갈 것이다.

그렇게 나를 사랑해 보기로 했다.

힐링

용기를 내서 병원에 발걸음을 하던 시절,
나는 만족스러운 결과를 얻지 못했고
때로는 의사의 배려심 없는 말과 태도에 상처받았다.

(물론 좋은 병원도 많다)

단시간에 자신과 맞는 전문가를 만나
적절한 도움을 받으면 좋겠지만

그렇지 못하더라도 낙심하지 말자.
세상에는 정말 다양한 사람들이 있다.
학교나 회사만 가도 온갖 부류의 사람들을 만날 수
있는 것처럼 의사나 상담사 역시 다양하다.

잠시 병원 찾기를 쉬고 요가를 다니다가
마음의 상처를 치유했던 것처럼
생각하지 못한 장소에서도 치유될 수 있다.

독서, 운동, 꽃 꽂이, 요리 등
가벼운 취미 생활을 갖는 것도 좋다.
원데이 클래스로 평소에 관심 있던
분야를 찾아 활동해 보는 것도 추천한다.

상황이 여의치 않을 때는 집 근처나 공원을
산책하는 것만으로도 기분 전환이 된다.

나아질 수 있다.
스스로에 대한 믿음을 잃지 말자.

슬픔 표현하기

감정을 꺼내고 표현하는 게 막연할 때는
공감되는 음악을 듣거나 따라 불러 보자.

나는 장르에 상관없이 그때그때
기분에 따라 음악을 듣는 편인데 우울할 땐
비를 주제로 하는 노래를 많이 들었다.

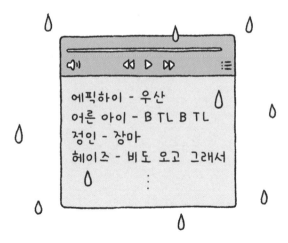

에픽하이 - 우산
어른 아이 - B T L B T L
정인 - 장마
헤이즈 - 비도 오고 그래서
                  :

처음에는 듣는 것 만으로도 위로가 되었다.
그러다 흥얼거림을 시작으로 따라 부르게 되었고,
가사 한 마디 한 마디에 감정이 실리면서
내 안에서 무언가가 해소되는 기분이 들었다.

노래가 듣고 싶지 않을 때는 ASMR을 듣는다.

(세상 참 좋아졌다)

빗소리

눈 내리는 소리

바람 소리

파도 소리

장작 타는 소리

또한, 관련 주제의 만화, 영화, 드라마를 보면서
내 안의 감정을 끌어올리는 것도 좋다.

울고 웃으며 나도 모르는 사이 많은 위로를 받았다.
슬프지 않은 장면에서 뜬금없이 눈물이
흘러서 당황하기도 했다.

사람은 기뻐도 울고, 감동해도 울고, 행복해도
울고, 심지어 너무 웃겨서 울기도 한다.
눈물에는 그렇게 다양한 감정이 들어 있다.

눈물은 연약한 게 아니고
솔직함과 용기이며 자연스러운 것이다.

먹고 싶은 음식이 생각났을 때
바로 먹으면 정말 맛있다.

나중에 먹어도 맛은 있지만
바로 먹었을 때 만큼 맛있지는 않다.

슬픔도 마찬가지다.

서두를 필요 없다.
자신의 속도에 맞춰서 내 안의 슬픔을
밖으로 쏟아 내며 표현하자.

유리 조각

세상에 사연 없는 사람이 어디 있겠냐마는

웃고 있는 사람들 속에서
내 상처가 제일 커 보였다.

별것 아닌 일로 징징거리는 사람을 보면
이해할 수 없었으며 때로는 우습기도 했다.

그렇게 가시를 잔뜩 세운 채 흘러갔다.

하지만 내 상처를 마주하고 나니
타인의 슬픔도 눈에 들어오게 되었다.

상처의 크고 작음은 없으며
모든 상처는 다 아프다.

바닷가의 깨진 유리 조각이

오랜 시간 동안 파도에 마모되어

둥글둥글한 바다 유리가 되는 것처럼

나도 조금씩 둥글어지고 있다.

감사

어릴 적부터 엄마는 나에게 항상
감사하라고 말했지만 딱히 와닿지 않았다.
나는 오히려 불만이 많았다.

상대적이고 불공평한 세상.

그럭저럭 잘살던 집이 어느날 갑자기 어려워졌다.
당장 길바닥에 나앉을 정도는 아니었다.

하지만 주변에 잘사는 친구들이 많았기
때문에 어린 나는 우리 집이 부끄러웠고,
혹시 누군가 눈치챌까 봐 늘 조마조마했다.

다행히 전학은 가지 않았고
같은 동네에서 조금 작은 집으로 이사했다.

이사를 간다고 하니까 몇 평이냐고 물어보는
친구의 말에 당황해서 얼버무렸다.

그러자 다른 친구가

라고 말했고 나는 얼굴이 화끈거렸다.

잠잘 곳이 있는 것,
학교를 다닐 수 있는 것,
하루 세끼를 먹을 수 있는 것,
건강한 것,
함께 있는 것,

⋮

나는 그런 것에 감사함을 느끼지 못했다.

엄마를 떠나보내고 홀로 사회생활을 하면서,
세상에 무엇 하나 당연한 건 없으며
사소한 순간조차도 감사하다는 걸 깨달았다.

한때는 평범하고 화목한 가정에서
그늘 없이 자란 사람을 보면 부럽기도 했다.
그런 사람은 특유의 밝음과 긍정이 보인다.

하지만 내가 걸어온 길 역시
지금의 나를 있게 만들어 준 나만의 길이다.
내가 갖지 못한 걸 좇으며 시간 낭비하지 말고
내가 갖고 있는 내 안의 빛을 볼 줄 알아야 한다.

억지로 감사할 필요는 없다.
감사한 마음이 진심으로 와닿는 순간
자연스럽게 내 안의 빛도 보일 것이다.

나는 지금 나에게 주어진 것들에
진심으로 감사한다.

현재

정처 없이 흘러가고 있다고 생각했는데
사실은 그렇지 않았다.

줄곧 과거에 고립되어 있었다.
미래에 대한 막연한 공포감만 품은 채
눈물 하나 놓치지 않고 꼭 쥐고 있었다.
내 눈물에 내가 질식되어 가는 줄도 모르고….

나는 이제 현재를 살 것이다.

폴짝

남겨진 사람

한동안 나는 엄마를 왜 그런 식으로
떠나보내야 했는지 답을 찾고 싶었다.

죄책감, 원망, 분노와 같은
부정적인 감정에 휩싸여서 스스로를 괴롭혔다.

하지만 죽음의 이유는 영원히 알 수 없다.
애초에 답이 없는 문제에 대해 어떠한
의미를 두거나 답을 찾으려 하지 말자.

시간이 흐르면서 공허함은 덜해졌다.
빈 껍데기 같았던 내 삶도 조금씩 채워지고 있다.

웃고 떠들며 행복한 시간을 보내다가도
때때로 울컥하면서 그렇게 살아가고 있다.
남겨진다는 건 그런 거다.

그래도 떠나간 사람의 발자국을
계속 붙잡고 있을 수는 없다.

더 이상 엄마는 이 세상에 없고,
남겨진 나는 어떻게든 내게 주어진 삶에
집중해 살아가야 한다.

내 인생이다.
떠나간 사람을 위해서가 아니라
온전히 나를 위해서 살자.

내 옆에 있는
내가 좋아하는 사람들과 함께하자.

지금 이 시간도
다시 돌아오지 않을 순간이니까.

나침반

나는 엄마와 대화하는 걸 좋아했다.
학교에서 있었던 시시콜콜한 이야기부터
음식, 드라마, 미래에 대한 이야기까지.

엄마는 내게 엄마이자 언니였고
친구였다. 내가 흔들릴 때면 등대가 되어
따스한 빛으로 나를 이끌었다.

그래서 엄마를 잃었을 때 나는
인생의 나침반을 잃은 것 같았다.
엄마 없이 내가 앞으로 나아갈 수 있을지
자신이 없었고 실제로 많이 휘청거렸다.

그러나 엄마가 없는 세상에서
계속 살아가야 한다는 사실은 변하지 않는다.

혼자서도 살 수 있다.
나만의 나침반과 함께.

눈사람

여름부터 시작된 이 비는
멈출 줄 모른 채 겨울을 맞이했다.

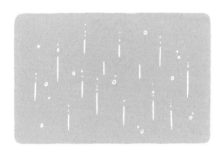

비는 눈으로 바뀌었고
차가운 눈물방울이 모여 눈사람이 되었다.

마음속에 자리 잡은 이 눈사람은
햇살이 닿지 않는 곳에 있어서 녹지 않는다.

따뜻한 봄바람에 작아지는 듯 싶다가

어느 날 갑자기 커지고

희미해졌다가

다시 선명해지는

매우 변덕스러운 존재다.

그래도
아주 천천히 줄어들고 있다.

영원히 사라지지 않아도 괜찮다.

우리는 그렇게 눈사람과
공존하는 법을 배우며 살아갈 것이다.

마음의 구멍 채우기

이미 잃어 버린 걸 다시 찾을 수
없지만 새롭게 채울 수는 있다.
무의미한 하루를 의미 있게 보내고 싶어서
내가 좋아하는 것들로 채우기로 했다.

그런데

내가 뭘 좋아하지?

막연하게 떠오르는 것들을 시작으로
해 보고 싶은 일들을 적어 보았다.
가지 않은 길은 알 수 없기 때문에
직접 해 보면서 하나씩 가지치기를 했다.

□ 칼림바 연주.
□ 라탄 공예.
☑ 마크라메 공예.
☑ 비누 만들기.
□ 클라이밍.
□ 홈카페.
□ 서핑.
⋮

~라탄 공예 원데이 클래스~

막상 시도했을 때
생각했던 것과 결과가 다를 수도 있다.

내가 무엇을 좋아하고 좋아하지 않는지
확인하는 과정이므로
이 역시 의미 있는 시간들이다.

이러한 시행착오를 통해
내가 좋아하는 것들로 마음의 구멍을 채우고 있다.
(단순한 것부터 시작해서 점점 세세하게 기록 중)

아인슈페너.

라벤더 향.

아침에 창문을 열었을 때
들어오는 차가운 공기.

공원 걷기.

햇빛에 반짝이는 한강.

빵집 앞을 지날 때 나는
갓 구운 빵 냄새.

영화 보기.

길가에서 마주치는 댕댕이의
해맑은 표정과 신난 발걸음.

좋아하는 것들을 생각하는 것만으로도
마음이 따뜻해지고 자연스럽게 미소가 지어진다.

살아 있음을 느낀다.

언젠가

엄마의 유품을 많이 정리했다.

공간을 차지하는 물건들이 꽤 있어서
이사할 때마다 가능하면 넓은 집을 찾곤 했는데
지금은 리빙 박스 하나 정도의 크기가 되었다.

(가구는 TV 하나 남았다)

한 번에 정리한 건 아니었다.
긴 애도를 통해 엄마의 물건에 대한 집착이
서서히 사그라들면서 조금씩 시작했다.

줄어든 물건만큼 내 안에서
엄마를 많이 놓아 준 것 같다.

언젠가 이 리빙 박스도
손에 올려놓을 만큼 작은 상자가 될 것이다.

점점 나아지고 있다.

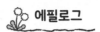 **에필로그**

새로 이사한 집에
엄마가 찾아오는 꿈을 꿨다.

나는 신이 나서 집 구석구석까지 보여 주었다.
(하자 있는 것도 깨알같이 일렀다 ㅎㅎ)

도란도란 이야기꽃을 피우고

어느새 헤어질 시간이 되었다.

엄마가 떠났을 때보다 이제는 제법
잘 지내는 것 같아서 다행이라고 했다.

나는 떠나는 엄마를 붙잡으며
한 번만 안아 달라고 했다.

원래 꿈에서 엄마는 바로 사라지곤
했는데 오늘은 나를 꼬옥 안아 주었다.

조심히 잘 가라고, 많이 사랑한다고,
나도 잘 지내다가 갈 테니까 나중에 다시 만나자고,
그런 말들을 충분히 나누고 울다가 잠에서 깼다.

엄마가 나에게 잘하고 있다고 응원해
주는 것 같아서 아침부터 펑펑 울었다.

시계를 보니 아직 새벽 5시.
다시 만나고 싶어서 눈을 감았는데
눈물만 나고 잠이 오지 않았다.

꿈은 꿈일 뿐이고 나는 현재에 살고 있다.
나는 더 이상 꿈에 의미를 두지 않는다.

이 책을 만들면서 어렸을 때
엄마와 함께 봤던 영화가 떠올랐다.

나는 이 영화가 좋아서 여러 번 봤다.

영화 속 주인공은 죽어서 천국에 가게 되는데

케이티! 어려졌구나~

예전에 키웠던
댕댕이가 마중 나옴.

화가였던 부인이 이승에서 그림을 그리면
천국에 그 그림이 나타났다.

클라이맥스는 아니었지만
나는 이 장면이 꽤 인상적이었다.

내 그림도 엄마가 있는 곳까지
닿았으면 좋겠다.

충분히 슬퍼할 것

1판 1쇄 발행 2023년 3월 20일
1판 2쇄 발행 2023년 4월 7일

지은이 하리

발행인 양원석 **편집장** 김건희 **책임편집** 이혜인
디자인 신자용, 최승원 **영업마케팅** 조아라, 정다은, 이지원, 박윤하

펴낸 곳 ㈜알에이치코리아
주소 서울시 금천구 가산디지털2로 53, 20층(가산동, 한라시그마밸리)
편집문의 02-6443-8868 **도서문의** 02-6443-8800
홈페이지 http://rhk.co.kr
등록 2004년 1월 15일 제2-3726호

ISBN 978-89-255-7700-5 (03810)